主人公の幼馴染が、脇役《モブ》の俺にグイグイくる

駱駝 Illust.こむぴ
主人公の
脇役《モブ》の俺に
幼馴染が、グイグイくる

contents

プロローグ
俺にできることをしよう。今あるもので、今いる場所で

屋上のフェンスを越えると、荒々しい風が吹いていた。
少しでもバランスを崩せば、地面に汚《けが》らわしい落書きを描くことになりそうだ。
まぁ、そのために来たんだけどな。
「もう、疲れた……」
面白そうだし、困っているなら手助けしてもいいか。
あわよくば、少しくらいおいしい思いができるかもしれないし。
そんな軽い気持ちで引き受けたことが、後に重たすぎる現実となって襲い掛かった。
何をしてもいい奴《やつ》、苦しめるべき存在、消えることを望まれた存在。
それが、俺。
味方なんて、誰一人いない。みんな、い、い、い、いなくなった。
お調子者の父さん、しっかり者の母さん、素直じゃない妹。
いて当たり前だった存在は、いなくなった時に初めてどれだけ大切だったかが分かる。
言葉ではそんな話を何度も聞いていたけど、その意味を理解するのは失ってから。
遅すぎた……。何もかも遅すぎた……。もう、何も取り戻すことはできない。

あいつらに憎しみがないと言ったら、嘘《うそ》になる。

だけど、それに勝る感情がある。恐怖だ。

もう失いたくない、もう傷つきたくない、もう……生きていたくない。

だから、俺は終わらせることにした。

自分にとって、赤黒い思い出しかないこの学校に、最後にもう一つ赤黒い思い出を作ろう。

下を見ると、何人かの生徒が俺の姿を発見して、目を輝かせながらスマートフォンを向けている。「飛ぶのか？」「どっちに賭ける？」「やべ！　マジやばくね？」。

ここまでやっても、あいつらにとって俺の価値は一瞬のエンタメでしかないわけだ。

もう、それでいいよ。

「笑い続けて生きろよ、ゴミ共」

呪いの言葉を告げて、一歩前に足を踏み出す。爪先が空に触れる。

背後から屋上のドアを開く音がけたたましく響いた。振り向くとそこには一人の女子生徒がいた。

冷たく鋭い刀剣のような性格、整いすぎた容姿。

誰に対しても興味を抱かないことから、『氷の女帝』なんて呼ばれている少女だ。

だけど、今は珍しく随分と焦《あせ》っているように思える。

「――――っ！　――――っ‼」

女帝の声は、風によってかき消された。女帝の姿は、重力の影響で見えなくなった。

俺の瞳に映っているのは、汚らしい空だけ。太陽が照り輝く、雲一つない汚らしい空。

そんな空を眺めながら、重力に従い俺はどこまでも落下していく。

グチャリ、と気持ちの悪い音が頭に響くと同時に何も考えられなくなった。

◆◆◆

「――て。――かげん、――てよ！」

誰かが俺の体を揺すっている。鬱陶しいな……。もう、放っておいてくれよ。

「ねぇ？……ねぇ！」

俺は、死んだんだ。ようやく、あの地獄から解放され――

「おきなさい！　私の可愛《かわい》くないお兄ちゃん！」

「いってぇぇ!!」

容赦ない平手打ちが、顔面に直撃した。

予想外の激痛に体を起こす。鼻を中心にジンジンと痛みが広がっていった。

「痛すぎるわ！　ちょっとは、てか、げ、ん、を……」

顔面に平手打ちをしたであろう暴行犯を睨《にら》みつけた瞬間、怒りは霧散していった。

「やっと起きた！　遅い！　遅すぎ！」

その人物は両拳を腰に当てて、俺を睨《にら》みつけている。

中学二年生の割に幼い自分の顔を気にしてか、少しでも大人っぽく見せようと伸ばした髪。風呂上《ふろあ》がりに、我が家に一台しかないドライヤーで髪を乾かしていたところに、貸してほしいと頼むと、「女の子は大変なの！」なんて文句を言って決して明け渡そうとしなかった。

「ゆ……柚希《ゆずき》？」

どうしてだ？　どうして、ユズがここにいる？　というか、ここはどこだ？

俺は学校の屋上から飛び降りて……ユズが怪訝《けげん》な表情を浮かべる。

「なに変な顔してるの？　それより、起きたならさっさと着替えて。もう、朝ご飯できてるんだからね。入学式から遅刻とか、ダサすぎ」

それだけ告げると、ユズは不機嫌な足取りで部屋から去っていった。

「入学式、だって？」

意味が分からない。俺は、屋上から飛び降りて命を絶ったはずだ。

だというのに、気がついたら自分の部屋で死んだはずの妹に叩《たた》き起《お》こされている。

「早くしてよぉ～！」

一階からユズの声が響く。ひとまず言われた通りにクローゼットを開けると、そこにはしわ一つない綺麗《きれい》な制服がかかっていた。まるで、新品のようだ。

ジャージから制服に着替えて一階へ。ドアを開けて、リビングへと入る。

「おはよう、和希《かずき》君！　昨日の夜は眠れなかったのかな？　和希《かずき》君がそんなウキウキだなんて、父さんも一緒にウキウキしちゃうよ！」

「和希《かずき》、早く食べなさい。遅れちゃうよ」

父さんと母さんだ。

父さんと母さん、そしてユズがいる……。

「うっ！　うぐっ！　ふぐぅぅぅぅぅ!!」

「え!?　どうしたんだい、和希《かずき》君！　もしかして、お父さんの笑顔がお気に召さなかったのかい？　これでも、会社ではナイススマイルと定評があるんだよ？」

父さんが慌てて立ち上がり、俺の両肩を摑《つか》む。

その生々しくも力強い感触が心地よくて、気がつけば俺は父さんに抱き着いていた。

「えええええぇぇぇ!!」

「あ、会いだがっだ!!」

「昨晩も会ってるけど!?」

突然の事態に混乱する父さん、唖然《あぜん》とする母さんとユズ。

だけど、どうしてだ？　どうして、三人が生きているんだ？

その時、テレビがニュースを告げた。

『今日から新学期！　二〇二三年度新学期の始まりですね！』

浮き立ちながらもどこか事務的なアナウンサーの声が、俺に冷静さを取り戻させる。

二〇二三年だって？　おかしいぞ。今は二〇二五年のはずだ。

ユズ達がいる時点でおかしいのだが、それにしても色々と奇妙なことが起きている。

「……っ！　まさ、か……」

自室でユズから告げられた『入学式』という言葉。

本来なら死んだはずの三人がここにいる事実。ニュースが告げた、二〇二三年という言葉。

そんなはずがない、そんなことが起きるはずがない。

聞き間違いか？　恐る恐る母さんへと問いかけた。

「母さん、今年って何年だっけ？」

「二〇二三年だけど？」

「ぶっ！」

「汚い！　それは、汚いぞ和希《かずき》君！　すでに涙と鼻水で父さんのスーツは手遅れになっているわけだけど、そこに唾液のトッピングまでは求めていないぞ！」

「ごめん！　じゃあ、唾液じゃなくて涎《よだれ》ということで受け入れてもらって……」

「体液を受け入れるフェティシズムを所持している前提で進めないでもらえないかい⁉」

父さんのそんな叫びを聞きながら、俺は全ての状況を理解した。

戻っている……。時間が戻っているんだ……。

俺にとって最悪の思い出しかない、比良坂《ひらさか》高校の入学式の日へと。

第一章

友達がいらなければ、バイトをすればいいじゃない

衝撃的な朝を迎え、俺は久しぶりにユズと一緒に家を出た。

俺は高校生、ユズは中学生。通う学校は違う。それでも、朝は必ず二人で登校していた。

「ねぇ、カズ」

「なんだ、ユズ？」

ユズから「カズ」と呼ばれる度に、心が温かくなる。

大丈夫だ。今度こそ、絶対にお兄ちゃんが守ってみせるからな。

「これ、なに？」

「これ、とは？」

「これだよ、これ！　今朝からマジで変だよ⁉」

ユズが俺と繋《つな》がっている手をブンブンと振り回し、クレームを訴える。何がご不満なのだ？

「知らないのか？　手を繋《つな》ぐという行為だ」

「知ってるよ！　私、もう中学二年生なんだけど！」

「まだ中学二年生だ。ユズが一人で外を出歩くのは、一〇〇年後にしなさい」

「来世までノーチャンス⁉　マジで、キモいんだけど！」

ゴミを見るような眼差《まなざ》し。しかし、俺は知っている。

どんなことがあっても、ユズは必ず俺の味方でいてくれた未来を。

「分かっている。俺も大好きだぞ、ユズ」

「げぇぇ！　し、シスコン！　シスコンがいるんだけど！」

「違う。俺はユズだけでなく、父さんと母さんも大好きだ。つまり、これは決してシスコンではなくファミコンだ。いや、スーパーファミコンと言っても差し支えがないだろう」

「それ、おばあちゃんちにあったゲーム機の名前じゃん……。ねぇ、本当にどうしたの？　今朝から病的なまでに変だよ？」

「ふっ。ユズが混乱する気持ちはよく分かる。俺もまだ混乱している最中だ」

「はぁ……。もういい……」

そこまで話したところで、ユズは全てを諦めたらしく投げやりなため息を一つ。

どうにか振りほどこうとした手を繋《つな》いだまま、俺と共に歩き始める。

五秒沈黙の後、心配げに俺の顔を見つめて言った。

「何か悩みがあるなら、相談してよ？」

「……くっ！　天使は実在したかっ！」

「しないから！」

天使《ユズ》の慈愛に感涙しながら、俺は強く決意する。

もう絶対にあんな未来にはさせやしない。家族はみんな、俺が守ってみせると。

俺──石井《いしい》和希《かずき》は、脇役《モブ》という立ち位置に相応《ふさわ》しい男子生徒だった。

特徴のない薄顔、平均よりやや低めの身長。成績も運動も並以下で、誰から嫌われるでも好かれるでもないパッとしない奴《やつ》。まさに脇役《モブ》だろう。

なぜ、俺がここまで自己肯定感を喪失しているかというと、うちの学校にはいたからだ。

主人公と呼びたくなるような男が。

天田《あまだ》照人《てるひと》。

第一印象では、主人公らしさなんて皆無。

秀《ひい》でた能力を持っているわけでも、優れた外見を持っているわけでもない。

入学当初は俺と同じように、脇役《モブ》の名に相応《ふさわ》しいポジションにいた。

趣味は、漫画・アニメ・ラノベ。天田《あまだ》は、特にラブコメが好きだった。

特徴のない外見に特徴でもつけたかったのか、手首には常に幼馴染《おさななじみ》からもらったというボロボロのリストバンドを装着し、それを後生大事《ごしょうだいじ》に使い続ける……そんな男だ。

出席番号の都合で席が近かったこと、自分と似たタイプだという勘違いの脇役《モブ》シンパシー、それらが相まって、俺は天田《あまだ》とすぐに仲良くなった。

クラスの人気者で、女子からチヤホヤされる月山《つきやま》を眺めながら、二人して「俺達にも少しくらい月山《つきやま》の要素があったらなぁ」なんて愚痴をこぼす。リアルの女子生徒と縁がないので、週刊の漫画雑誌のグラビアを脇役《モブ》仲間達と眺めて、足りない女子成分を補う日々。

いてもいなくても変わらない存在として、小さな自分達の世界で日常を満喫していた。

自分は一人ではない。自分以外にも脇役《モブ》はちゃんといる。

そんな風に考えていたわけだが……よくよく考えると、天田《あまだ》という男はおかしかった。

まず、幼馴染《おさななじみ》がいる。しかも、恐ろしい程にハイスペックな幼馴染《おさななじみ》が。

容姿端麗がパリコレのランウェイを歩いているかのようなとんでもない美少女で、月山《つきやま》を含めた比良坂《ひらさか》高校全男子生徒の憧れの存在。

当然、俺も憧れていたし、天田《あまだ》はその幼馴染《おさななじみ》に対して強い恋心を抱いていた。

小学校の卒業式と中学校の卒業式に告白をしたが、二回とも天田《あまだ》はフラれたらしい。

しかし、天田《あまだ》は「三度目の正直がある！」と次なる告白を高校の卒業式へと定めて、その幼馴染《おさななじみ》と恋人になる機会を虎視眈々《こしたんたん》と狙っていた。いや、卒業式に告るんじゃないんかい。

美人の幼馴染《おさななじみ》がいる時点で、かぐわしい主人公臭が漂っているわけだが、そこから高校生活を重ねるにつれて、天田《あまだ》の異常性は加速度的に増していく。

天田《あまだ》は、ラブコメ主人公の運命を背負っているかのような男だったのだ。

とんでもなく美人の幼馴染《おさななじみ》もそうだが、陸上部のエースやら、真面目な優等生やら、引っ込み思案の美少女やら……ラブコメに登場してきそうな美女達と不思議な縁で結ばれ、トラブルに巻き込まれつつ解決した結果、(幼馴染《おさななじみ》を除いた)全ての美少女から恋心を抱かれる。

普段はパッとしないくせに、肝心なところでは煌《きら》めきまくる主人公だったわけだ。

ならば、俺は親友ポジションか? 残念。そこのポジションはイケメンの月山《つきやま》だ。

高校一年一学期の中間テスト前、天田《あまだ》はひょんなことからあがり症に悩む真面目な優等生と知り合いになる。その女子生徒は月山《つきやま》と同じ中学出身で、過去に誤解が原因で月山《つきやま》と不仲になっていた。『月山《つきやま》との不仲』と『あがり症』の二重苦に陥った美少女を華麗に救う天田照人《あまだてるひと》。

女子生徒は月山《つきやま》と仲直りをし、天田《あまだ》へと恋をした。月山《つきやま》じゃないんかい。

とりあえず、事の顛末《てんまつ》を聞いた俺は心の中でそうツッコんでおいた。

これが、天田照人《あまだてるひと》がラブコメ主人公として覚醒する最初のイベントだ。

その後も主人公として、様々な問題を解決しつつヒロインを攻略していく天田《あまだ》と、俺は徐々に疎遠になっていき、残った脇役《モブ》男子達と共に過ごしていた。

ああ、疎遠になったといっても、関係性が悪化したわけではないぞ。

ただ、話す機会が減ったというだけだ。

休み時間や昼休みに、天田《あまだ》を含めた脇役《モブ》連中と一緒に駄弁《だべ》っていたが、そういった時間にヒロイン達や月山《つきやま》が天田《あまだ》を訪ねるようになってきたので、自然と交流機会が減っただけ。

虫はキラキラしたところに集まるが、脇役《モブ》はキラキラしたところを羨みつつも恐れるのだ。

なので、テストなどで出席番号順に座った時は普通に話すし、極稀《ごくまれ》に昼飯を一緒に食う機会だってあった。もちろん、そういった時にヒロイン達は一人たりともいなかったが。

いや、いろよ。四六時中、好きな男子のそばにいるよう努めろよ。

そうしたら、少しぐらいおこぼれに与《あずか》れたじゃないか。

内心でそんな想《おも》いを抱きながらも、ハーレムを築いてなお、空いている時間はわざわざ声をかけてくれる優しい天田《あまだ》に対してどうしても負の感情は抱けず、「まぁ、これだけいい奴《やつ》なら、外見なんて関係なしに女子から好かれるんだろうな」なんて思っていた。

でだ、気づけば大層ご立派な天田《あまだ》ハーレムが築かれた比良坂《ひらさか》高校だったのだが、ハーレムの主《あるじ》たる天田《あまだ》に恋人はいなかった。なぜかって？　絶賛、幼馴染《おさななじみ》に片想《かたおも》いをしていたからだ。

ヒロイン達と様々なイベントを起こしてはテレテレしているくせに、決してブレない幼馴《おさな》染《じみ》への熱き恋心。そりゃ、周りのヒロイン達は面白くない。彼女達は、主人公にとって都合のいいヒロインなどではなく、一般的な感性を持った人間なのだから。

さっさと告白してフラれてくれればと願っていたようだが、天田《あまだ》が告白すると決めていたのは高校三年生の卒業式。そこまで、他のヒロインはお預け状態。

そんな煮え切らない状況に耐えられなくなった一人の女が行動を起こした。

高校二年生の二学期の始まり。ヒロインの一人が、ある日俺に相談をしてきたのだ。

天田《あまだ》と恋人になるために協力をしてほしい。

俺は了承した。別に、何かしらのメリットがあったわけではない。

ただの好奇心だ。脇役《モブ》である自分がそんな少し特別な経験ができるのならば、と。

これが、俺の人生における最大の過《あやま》ち。

俺が恋愛サポートを始めてから、それなりに時間の経《た》った二学期の終業式。

「石井《いしい》、お前がやってきたことは許されることじゃない‼」

体育館の壇上に立つ天田《あまだ》がそう叫ぶ。言われた俺は、キョトンとしていた。

何を言っているんだ？　俺、何もしてないけど？

あまりにも意味不明なので、そのまま思った通りのことを口にした。

「しらばっくれても無駄だ！　お前がやってきたことは、全部証拠がある‼」

さながら、どこかの裁判逆転ゲームのように人差し指で俺を指し示す天田《あまだ》。

隣では、俺に恋愛サポートを頼んできた相談者が涙を流していた。

「辛《つら》かったです……。ですが、脅されてどうしようもなくて……うっ！　うっ！　うっ！」

崩れ落ち涙を流す相談者の下へ、他の天田《あまだ》ハーレムのヒロイン達が集う。

泣き崩れる女を、他のヒロイン達が優しく抱きしめている。

「大丈夫。分かってるから……」

「何も言わなくていい。平気だよ」

これは、いったいどういうことだ？

俺は、あの女に頼まれて恋愛サポートはしていた——といっても、天田《あまだ》と二人きりになれる時間を作る程度のささやかなサポートではあったが。

「お前は彼女の着替えを盗撮して、その写真で脅しただろ！　自分の欲望を満たすために！そんなことは、絶対に……絶対に許されないことだ!!」

語られたのは、まったく身に覚えのない悪行。どうやら俺が相談者の着替えを盗撮し、その写真を脅しのネタに使って、様々な性的な嫌がらせに及んでいたということらしい。

大勢の生徒がいる体育館でいきなり意味不明な罪を告発され、心臓が有り得ない程にバクバクと音を立てる中、俺は必死に違うと否定した。

俺がやっていたのは、相談者が天田《あまだ》と二人きりになれるように、天田《あまだ》に声をかけるということだけ。裏でそんな嫌がらせが行われていたこと自体、知らなかった——懸命に訴えた——だが、無駄だった。

いつの間にか俺のスマホに仕込まれていた、相談者のあられもない姿を収めた写真が決定打となり、俺の言葉は何一つとして信じてもらえなかったんだ。

困惑する中、俺に協力を要請してきた相談者を見ると、歪《いびつ》な笑みを浮かべていた。

そこで、ようやく気がついた。自分がハメられたことに。

相談者は、自らを悲劇のヒロインとして演出することで、天田《あまだ》の気を引こうとしたのだ。

俺は、さながら悪役令嬢の如《ごと》く断罪を受けて、裁きの対象者へと転落。

最悪の終業式を終え、冬休み明けに登校したら地獄が待っていた。

教室に入っても、誰一人として会話に応じない。完全に無視される。

精神的な苦痛の次は肉体的な苦痛だ。謂《いわ》れのない罪から、様々な暴力に晒《さら》された。

誰一人として助けてくれなかった。冬休み前まで一緒に過ごしていたはずの同じ脇役仲間達《モブ》からも、当然のように暴力を振るわれた。そして、更なる地獄が始まる。

天田《あまだ》の親友である月山《つきやま》の父親は、父さんが勤める会社の社長だった。

息子を溺愛する父親は、月山《つきやま》から俺の話を聞いた後に父さんを解雇処分にした。

いきなり職を失った父さんだったが、俺には決して辛《つら》い顔一つ見せずに再就職を果たした。けど、そこはかなりのブラック企業だったんだ。

連続勤務時間五〇時間は当たり前の運送会社。そうなった原因には、俺の父親であったことも関わっていたらしい。最終的に、父さんは過労に過労が重なって、塾帰りの少女を巻き込む事故を引き起こし、自らの命も落としてしまった。

俺達は殺人一家と呼ばれるようになり、次に母さんが殺された。

少女の親が激昂《げきこう》して、母さんを包丁で刺し殺したんだ。

両親を失った俺とユズは、ボロボロの賃貸アパートで暮らすことになった。

父さんが交通事故の加害者になってしまったことで、金がなくなったんだ。

何もかも俺のせいなのに、ユズは俺の無実を信じてくれた。

いつか、本当のことが分かるからと俺を励ましてくれた。

嬉《うれ》しかった。ユズだけが心の支えだった。ユズと二人で生きていこうと思っていた。

だが、俺の最後の支えも失われる。

生活費や学費すらままならない俺達は、二人でアルバイトをして家計を賄っていた。

俺は比良坂《ひらさか》高校をやめて朝から晩まで仕事をしていた。ユズも学校をやめて働くと言ってくれたが認めなかった。ユズには、できる限り普通の生活をしてほしかったから。

だけど、それが間違いだった。

ユズは、俺の妹であることが原因で高校では凄惨ないじめを受けており、肉体的にも精神的にも疲弊していた。なのに、俺はユズの異変に気づけなかった。

ユズの最期《さいご》は事故死。アルバイト帰りに、精神的に疲弊していたユズは信号が赤であることにも気づかず車道に出て、そのまま帰らぬ人となった。

周囲の人間は、因果応報だと俺を笑った。俺の心は、完全に壊れた。

そして、二〇二五年の七夕の日に比良坂《ひらさか》高校の屋上から飛び降りた。

これが、俺の一度目の人生。

最悪な終わり方だろう？　だからこそ、俺は決めていることがある。

奇跡的に得ることのできた、二度目の人生。

ラブコメに巻き込まれて家族が殺されるなんて、絶対にごめんだ。

だからこそ、今回の人生では天田《あまだ》と天田《あまだ》を取り巻くハーレムメンバーとは必要以上に関わらない。俺はただの脇役《モブ》でいい。脇役《モブ》こそが、最上の幸せだ。

「目標は決まったが、何らかの対策は打つべきだな……」

「……？」

ポツリと漏らした俺の言葉にユズが怪訝《けげん》な反応を示す。

今から、約一年と半年後……高校二年生の九月に、悪魔のような女の恋愛サポートを引き受けた時から俺の破滅は始まる。そこから先は思い出すのもおぞましい記憶ばかり。

俺への断罪が一二月。

翌年の二月に父さんが、三月に母さんが、そして、六月にユズが命を落とす。

あのクソ女からの頼みを引き受けないのは当たり前だが、他にも対策をすべきだろう。

いざという時のために、大金を確保しておくというのはどうだ？

例えば、番号を六つ選択する宝くじ。

未来を知る俺であれば簡単に一等を……ダメだ。番号を覚えていない。

「くそ……。俺の記憶力がコナン級であれば……っ！」

「何の話？」

「いやな、ロト的な宝くじの当せん番号を予《あらかじ》め知っていれば、大金を得られるなと……」

「未来を知ってても、ズルするのはダメじゃない？」

ごめんなさい。

◇◇◇

入学式を終えた俺は、一年C組へと向かう。

出席番号二番の俺の席は、一番右端の列の前から二番目。目の前には（現時点では）一方的に見知った男の後頭部がある。それだけで吐き気がこみ上げてきた。

関わりたくない、頼むから振り向かないでくれ。

そんな願いを必死に唱えるが、叶《かな》うことはない。一度目の人生と同じだ。

正面にいる男は振り返ると、どこか緊張した面持ちで俺へと語り掛けてきた。

「俺、天田《あまだ》照人《てるひと》。よろしくな」

初《しょ》っ端《ぱな》からラスボス降臨。

分かっていた。比良坂《ひらさか》高校に通う以上、天田《あまだ》とは関わらざるを得ないと。

同じクラスな上に、苗字《みょうじ》の都合で席も前後なんだ。嫌でも声をかけられる。覚悟はできていたが、それでも全身が恐怖で固まってしまい、真《ま》っ直《す》ぐに天田《あまだ》を見られなかった。

「えと、どうかした？」

そんな俺の態度が気にかかったのか、天田《あまだ》が僅かに首を傾《かし》げて心配そうな眼差《まなざ》しで見る。

これといって特徴のない顔、強いて言えば少しだけタレ目だろうか。

一見すると無害なように見えるし、実際にしばらくの間は無害な優しい男だ。

だが、最終的には、この天田照人《あまだてるひと》を中心とした女達の醜い争いに巻き込まれ、俺は最低最悪の未来へと誘《いざな》われる。大丈夫だ。今の天田《あまだ》は、まだラブコメ主人公にはなっていない。

「何でもない。石井和希《いしいかずき》だ。よろしくな」

複雑な胸中を隠して、俺は笑顔で返事をする。

落ち着け。俺は、どう足掻《あが》いても天田《あまだ》とは交流することになるんだ。顔見知りになることが避けられない以上、仲良くなり過ぎないよう注意すべき。

適度な距離感を保った友情を醸成すれば、天田《あまだ》に害はない。

むしろ、メチャクチャ優しい良い奴《やつ》だ。実際、俺を最低最悪の未来へと誘《いざな》ったのは、天田《あまだ》本人ではなく天田《あまだ》に対して恋愛感情を抱いていたクソ女なのだから。

「石井《いしい》かぁ。うちの中学にも石井《いしい》がいたなぁ」

「なんだ、特徴がないとでも言いたいのか？」

「ははっ。そんなつもりはないよ。てか、俺も別に特徴なんてないし」

嘘《うそ》つけ。お前には、恐ろしいまでに特徴がありまくるわ。

そりゃ、最初はパッとしない俺と同じ脇役野郎《モブ》だと思っていたさ。

だが、お前の下には超美人の幼馴染《おさななじみ》を筆頭に、陸上部のエースやら、後の生徒会長になる優等生やら、とんでもないヒロイン達が集っていくんだよ。

「これから、よろしくな。石井《いしい》」

「ああ、よろしく。……天田《あまだ》」

頼むから、俺以外の男子と親密になってくれ。

俺は程々の距離感を保ちつつ、君達のラブコメに巻き込まれない脇役《モブ》でいるから。

そんな気持ちでいると、少し離れた席に座るとある男女の会話が耳に入ってきた。

「俺、月山王子《つきやまおうじ》って言うんだ。よろしくな」

整いすぎた顔面で、隣の女子へ爽やかな挨拶をするのは月山王子《つきやまおうじ》。

まるで、乙女ゲームから飛び出してきたかと疑いたくなる程のイケメンな上に、社長令息という超ハイスペックな男だ。名が体を表しすぎである。

月山《つきやま》は、入学当初は女子に人気があった。その証拠に、現時点でもクラスの女子の何人かが月山《つきやま》に熱い視線を向けている。ただ、最終的には正義感は強いが乱暴な性格が災いして、人気が低迷し、がっかりプリンスと呼ばれることになるのだが……そこはいいだろう。

まだ入学したばかりなので、月山《つきやま》と天田《あまだ》の間に友情はない。だが、今から約一ヶ月後に起きるとあるイベントを経て二人は親友同士の関係になる。

そして、最終的に月山《つきやま》の進言によって父さんは……いや、今はいいだろう。

それよりも、月山《つきやま》以上に注意すべき相手がこのクラスにはいる。

今まさに、月山《つきやま》が声をかけている女だ。

「名前、何て言うんだ?」

「氷高命《ひだかみこと》」

ハイスペックイケメンの月山《つきやま》から挨拶をされても、友好的な態度は一切示さず淡白な反応だけを返すその女こそが、天田《あまだ》の幼馴染《おさななじみ》であり想い人《おもいびと》でもある氷高命《ひだかみこと》。

肩甲骨《けんこうこつ》の少し下まで伸びた綺麗《きれい》な長髪、雪のように白い肌、整った目鼻立ち。

文化祭で行われたミスコンでは、毎年不参加にもかかわらず問答無用で一位に(三年目に関しては、その前に死んだので分からないが)。

その美貌と、誰に対しても決して心を開かずに冷淡な態度で接することからついた呼称が、『氷の女帝』。俺も入学してから死ぬまで、氷高《ひだか》の笑顔を一度も見たことがない。

「ひだかって、どう書くんだ?」

「氷《こおり》に高さの高《たか》」

「あ、そっちなんだな。てっきり、日高山脈《ひだかさんみやく》の日高《ひだか》かと思ったよ」

「そう」

月山《つきやま》と氷高《ひだか》は、出席番号の都合上これから約二週間は席が隣同士だ。

その間、月山《つきやま》は必死にアピールをするが、氷高《ひだか》は決して靡《なび》かずに月山《つきやま》の自信をその氷の刃《やいば》でズタズタに切り裂いていった。それでも、月山《つきやま》はまるでめげなかったけど。

「はぁ……。やっぱ、モテるよなぁ……」

天田《あまだ》の憂鬱そうな呟《つぶや》きに、俺は思わず心臓が跳ね上がる。

早速、最初のイベントが始まりやがったな。

一度目の人生では、俺はこの後天田《あまだ》に「なんだ、もう恋をしたのか？」と冗談交じりに尋ね、氷高《ひだか》と天田《あまだ》が幼馴染《おさななじみ》であったことを教えられる。

そして、「幼馴染《おさななじみ》なら、話しかけても不自然じゃないだろ」と天田《あまだ》を連れて、氷高《ひだか》へと声をかけに行くのだ。なんで、そんなことをしたって？

氷高《ひだか》と仲良くなりたい、あわよくば恋人になりたい、という下心満載の行動だ。

しかし、今回の人生ではそんなことをするつもりは毛頭ない。

「まあ、あれだけイケメンならモテるよな。性格もめっちゃ良さそうだし」

ということで、氷高《ひだか》には一切触れず、月山《つきやま》を褒める方向でいこう。

「そっちじゃなくて、もう一人のほう……」

「もう一人？　はて？　他にイケメンはいなかったと思うが？」

「男子じゃなくて、女子」

「女子のイケメン？　入学式で噂《うわさ》になってた、陸上の中学生記録を持つ女か？」

あいつも鬱陶しかったな。天田《あまだ》に心酔しすぎて、天田《あまだ》が言うことは全て正しいと判断して、暴走する猪女《いのししおんな》。俺が孤立した後、無実を証明しようと天田《あまだ》の所へ向かった時にお見舞いされた腹蹴りの恨みと痛みは今でもはっきり覚えている。

「うちのクラスの女子の話」

「そうか。しかし、俺はクラスの女子に皆目興味はないので、最も興味が惹《ひ》かれる今晩の天気についての議論を天田《あまだ》と交わすことができれば、有頂天外の域へと——」

「あの子、俺と幼馴染《おさななじみ》なんだよね。今、イケメンに声をかけられてる女子ね」

こやつ、どう足掻《あが》いても氷高《ひだか》の話をしよるわ。

「へぇ～……」

決して掘り下げんぞ。

その大地を掘り下げると、温泉ではなく溶岩へダイブする未来が待っているのだから。

「だから、声をかけようかなって思うんだけど……」

「かければ？」

ＣＶ：小林由美子《こばやしゆみこ》。クレヨンスタイルで返事をしてやった。次はＣＶ：矢島晶子《やじまあきこ》でいく。

「一人であそこに行くのは勇気がなくて。誰かに一緒に行ってほしいんだけど……」

おい、やめろ。チラチラと期待した眼差《まなざ》しで、俺を見つめてくるんじゃない。

知ってるよ。お前は、肝心な時だけは煌《きら》めくくせに普段は情けない奴《やつ》だったよな。

氷高《ひだか》に一人で声をかけるのにビビッて、毎度俺を連れて行ってたもんな。

「じゃあ、誰かと一緒に行けよ。言っておくが、俺は行かないぞ」

ここは、ハッキリと自分の意志を通そう。

何が何でも氷高《ひだか》とだけは関わらない。俺はそう決意している。

「そんなこと言わないで、一緒に行ってくれよ。ほら、俺と石井《いしい》の仲だろ？」

「生憎《あいにく》と、俺と天田《あまだ》の友好値は壊滅的に低い。第一回M－1グランプリのおぎやはぎの大阪からの点数ぐらい低い」

「ネタが古いな！　なんで、そんなの知ってるんだよ⁉」

そう言ってる時点で、お前も知っているじゃないか。

「サブスクで見ているからだ。というわけで、友情を使うのはやめておけ。無駄だ」

「ひどくない？」

「ひどいのはお前だ。自分が話したい相手と話すために誰かを利用するな」

「うっ！」

少し言い過ぎな気もするが、まぁいいだろう。俺と天田《あまだ》の関係が悪化したら、後にヒロインになるあの悪魔も俺を利用しようと思わなくなるだろうからな。

だが、嫌われ過ぎると、それはそれで裁きの対象になるのだろうか？

現時点では判断がつかないな。今後の検討事項としておこう。

「そもそも俺がついていったって、お前らが二人で話すのを眺める置物になるだけで、何一つメリットが得られそうにないと思うのだが？」

「そんなことするわけないだろ。三人で話すつもりだって」

嘘《うそ》つけ。一度目の人生の時、しっかりと俺を置物にして二人で話しただろうが。

昂《たかぶ》ったお前は、俺が「俺、い――」くらいしか言ってないのに、ベラベラベラと氷高《ひだか》に話しかけまくって、その間俺は何も喋《しゃべ》れずに、なぜか知らんが月山《つきやま》からの怒りだけを激しく向けられたんだからな。今回だって、天田《あまだ》についていったら絶対そうなる。

「な、いいだろ？　ほら、あんな美人と話せる機会なんて滅多にないし」

「美しい外見よりも美しい魂が存在することを俺はよく理解している。そして、世界で最も美しく高潔な魂を持ち、俺が愛して止《や》まない女は、妹のユズだ」

「うわぁ……。お前、大分深刻なシスコンじゃ……」

「残念だったな、同率一位で母さんもいるから、ただのシスコンじゃあないんだぜ？」

「ただ、悪化しただけだろ！　分かったよ……。もう、いいよ……」

よしよし。ここまで言えば、さすがの天田《あまだ》も引き下がったか……いや、本当にそうなのか？

冷静に思い出してみろ。一度目の人生、俺は入学してから一ヶ月はそれなりに氷高《ひだか》と交流する機会があった。特に多かったのが、席替えをするまでの最初の二週間だ。

毎日のように、天田《あまだ》が氷高《ひだか》と話したい系の匂わせ発言を行い、俺もあんな美人と話せるなら、天田《あまだ》に付き添う形で氷高《ひだか》の下へ向かい置物役をさせられていたじゃないか。

なぜ、途中でやめなかった一度目の俺よ。

「とりあえず、今はやめとく。はぁ……」

そうだよな。天田《あまだ》は、こういう奴《やつ》でもあったよな。

とにかく、諦めが悪い。物語の主人公かってぐらいに諦めが悪く、自分がやると決めたことは、達成するまで決してやめようとしないんだ。ならば、今俺が誘いを断ったとしても……

「なぁ、石井《いしい》。今じゃなくていいけど、もうちょっと他にも友達を増やそうぜ」

この男、『友達』という嘘偽《うそいつわ》りのコーティングをして、俺を氷高《ひだか》へと誘《いざな》うつもりだ。

「ほら、男子だけじゃなくて女子の友達もいたほうが楽しそうだろ？」

男女の友情は成立しません。特に、お前の場合は絶対に。

まずいぞ。このままでは、席替えが発生する二週間後まで、俺は毎日のように天田《あまだ》が氷高《ひだか》と会話をするための出汁《だし》として利用されてしまう。

そんな長期間、使える出汁《だし》があると思っているのか？　後半は、スカスカだぞ。

「俺は、男だけでいい。男、最高。男、大好き」

「そういうのは、女の魅力を知ってから言えって。大丈夫だよ、命《みこと》は良《い》い奴《やつ》だから」

今まで彼女がいたこともない奴《やつ》が、何を偉そうに上から目線でほざいてやがる。

そもそも、俺は氷高《ひだか》から滅茶苦茶《めちゃくちゃ》嫌われていたんだ。声をかけても、絶対に目を合わせてもらえず「そう」とか「へぇ」しか返事をしてもらえなかった。

そんな女と友情を結ぶ？　無理に決まっているね。

「なぁ、氷高《ひだか》。よかったら、連絡先教えてくんね？　同じクラスで隣の席のよしみで」

「イヤ」

少し離れた所では、氷の女帝によって月山《つきやま》が見事に凍結させられていた。

ああ、恐ろしいったらありゃしない。

俺は、絶対にあんな女とは関わり合いにはならないぞ。

◇　◇　◇

入学式後のクラスでの簡単な自己紹介や、授業が始まるまでの日程やら時間割についての説明などが終わり、早めの放課後を迎えた後、我が一年C組では月山《つきやま》が中心となって、「折角時間があるんだしみんなで仲良くなろう」とクラスのメンバーをまとめていたが、その輪には一切加わらず、俺は早々に比良坂《ひらさか》高校を後にした。

「このまま思い付きで行動していくのは危険だな……」

目が覚めたら、いきなり二度目の人生がスタートしていて、そのまま入学式へと向かわなければならなかったので、ひとまず思いついた『天田《あまだ》と仲良くなり過ぎない&氷高《ひだか》に近づかない』作戦を決行したが、自分の考えが甘かったことを思い知らされた。

想定していた以上に天田《あまだ》は、氷高《ひだか》との繋《つな》がりを得るために俺の助力を当てにしている。

このままでは、再びラブコメによって家族まとめて葬《ほうむ》り去《さ》られる。

明確な目標と的確な対策を打ち立てなくては……。

「脇役《モブ》になることは決定事項だが、そのレベルをもっと上げたほうがいいな。クラスメートから決して興味を持たれず、誰一人友達のいない脇役《モブ》になることを意識して……」

「なに、入学初日から情けないこと言ってんの？」

呆《あき》れた声が正面から聞こえてくる。顔を上げると、そこにはしかめ面《つら》のユズがいた。

俺は、満面の笑みで手を差し出した。

「ユズ、待っていたぞ。それじゃあ、一緒に帰ろうか」

「ちょっとやめてよ！　繋《つな》がないからね！」

「なっ！　俺が何かしたのか？　俺は、ユズが心配で……」

「それが鬱陶しいの！　なんで始業式初日に学校の前までカズに迎えに来られなきゃいけないの！　友達と遊ぼうと思ってたのに、カズのせいで行けなくなったんだからね！」

「くっ！　ユズ、ありがとう……っ！」

「お礼を言う要素、どこにあったの⁉」

「だって、ユズは友達よりも俺を優先してくれたのだろう？」

「～～～っ‼　うっさい！」

だが、ユズの安全を守ろうとするがあまり、ユズの中学生活が犠牲になるのは良くないな。

「ユズ、その気持ちは非常に有難《ありがた》いが、友達と約束があったのなら、遠慮せず俺を断っていい。俺は、ユズになら何を言われても傷つかないからな」

「別にいいよ……。なんかカズのメッセージ、すごく必死だったし」

決して俺とは目を合わせずに、ユズがそう言った。

「ユズが良くても、俺が良くないんだ。友達がいないと寂しいだろう？」

「ついさっき、目の前に正反対のことを目論《もくろ》んでる兄がいたんだけど？」

「俺は友達がいなくても、ユズがいれば寂しくないから問題ない」

「重いからっ！　はぁ……。とりあえず、早く帰ろ。あんま目立ちたくないし」

それから、俺達は二人で並んでユズの中学を後にした。

「なぁ、ユズ。本当によかったのか？　今からでも、友達と遊んで……」

「へーき。付き合いもそれなりに長いし」

「そっか」

俺は今日から高校一年生で、中学時代の奴《やつ》らはほとんど比良坂《ひらさか》高校にいないが、ユズは中学二年生だもんな。すでに友達はちゃんといるってことか。なら、安心だ。

そんなことを考えていると、僅かに頬を染めたユズが俺に手を差し出してきた。

「結構学校から離れたけど………どうする？」

「いいですとも！」

「……はいはい」

やっぱり、俺の妹は世界一可愛《かわい》い！　神様、本当にありがとうございます！

「今度、お賽銭《さいせん》を奮発しないとな」

「意味が分からないんだけど？」

「こうしてユズと過ごせる感謝を、神に余すことなく伝えなければならない」

「お賽銭《さいせん》の前に、お供え物でノイズキャンセラーを用意したほうがいいと思うよ」

確かに、ユズへの愛を伝える時に他の言葉は全て雑音となるな。さすがはユズだ。

「ところで、カズ。さっき不穏なことを口走ってたけど、友達できそうにないの？」

そんなに心配することはない。俺は他人を集団でいたぶり愉悦に浸る、じじいの粘っこい鼻クソのような連中と関わりたくないだけだからな。

「できそうにないんじゃなくて、作りたくないだけだ」

「どうして？　寂しくないの？」

「父さんと母さん、それにユズがいれば寂しくないさ」

大切なのは家族だ。今度こそ、必ず俺がみんなを守ってみせる。

下らないラブコメに巻き込まれて、殺されてたまるか。

「そう言ってくれるのは嬉《うれ》しいけどさ、カズと仲良くなりたい人もいるんじゃない？」

「入学初日でそんな奴《やつ》はいないだろ。俺は凄《すさ》まじく目立たない存在だしな」

「でも、さっきからついてきてる人、カズと同じ学校の人だよね？」

「………なぬ？」

その言葉を聞いた瞬間、俺は即座に振り向いて背後を確認した。

だが、そこには誰もいない。いや、いるにはいるのだが、あくまでも普通の通行人であって、俺と同じ比良坂《ひらさか》高校の生徒は誰一人としていなかった。

「誰もいないぞ？」

「あれ？　気のせいだったかな？　カズと同じ制服を着てた人がいたような……」

振り向いたユズが、怪訝《けげん》な表情を浮かべている。

「勘違いかもしれないけど、カズが私を迎えに来てくれた時から、少し離れた所にすっごく綺《き》麗《れい》な人がいたんだよ。なんか、カズのことをジッと見ててさ。だから、仲良くなりたいのかなって思ったんだけど……」

すごく綺麗《きれい》な人。つまり、女子生徒ということか。

有り得ないな。比良坂《ひらさか》高校はラブコメ主人公天田《あまだ》の影響か、女子生徒の顔面偏差値が異常に高かったが、それでも『すっごく綺麗《きれい》な人』の域に辿《たど》り着《つ》いている女子なんてほぼいない。

それこそ、当てはまるのはたった一人だけだ。

そして、その人物は一度目の人生でも、二度目の人生でも俺とは友好的な関係ではない。

「まぁ、いないならいいじゃないか。それより、早く帰ろうぜ」

「待って。そこのコンビニ寄りたい。新発売のポテチがあるんだ」
ユズの希望に従い、俺は手を繋《つな》いだまま店内へ。入り口にはバイト募集なんて書いてあって、
そういえば三月四月ってバイト募集の貼り紙をよく見るよななんて感想を抱いていた。

◇◇◇

家へと戻り、夕食を済ませた後、俺は本格的に今後について考えることにした。

まず、最終的な目標だが……『天田《あまだ》に恋人ができるのを脇役《モブ》として見届ける』だ。

俺がどれだけ足掻《あが》こうが、比良坂《ひらさか》高校で天田《あまだ》のラブコメは問答無用で展開される。

だとすれば、そのラブコメに巻き込まれないように立ち回り、悪役として処理される立場にもならず、天田《あまだ》に恋人ができることを待ち続けよう。

自分で動いて天田《あまだ》に恋人を作らせるのはなしだ。絶対的安全圏からそれができるならば喜んで行うが、自らラブコメに飛び込むなど、家族まとめて葬《ほうむ》ってくれと言っているようなもの。

家族との平穏を守り、ラブコメに関わらずに脇役《モブ》として見届けて比良坂《ひらさか》高校を卒業する。

これが、俺の二度目の人生の目標。

そのためには、天田《あまだ》のラブコメイベントには可能な限り関わらない。

なので、俺は自分が覚えている限りの天田《あまだ》ラブコメイベントを書き出してみた。

直近のイベントが、二日後の土曜日に行われるカラオケ親睦会。

明日……金曜日の昼休みに、月山《つきやま》が突然教壇に立ってこう言う。

『なぁ、明日の土曜日だけど、みんなで親睦会をしないか？』

そして、月山《つきやま》の求心力によって、クラスの生徒が全員参加となるカラオケ親睦会が実施されることになる。あの氷高《ひだか》ですら参加していた。

ただ、いざ全員でカラオケに向かってみると、人数が多すぎて全員が入れるカラオケルームが存在せず、パーティルームと小部屋に分かれることになる。

このカラオケで、繰り広げられるのは月山《つきやま》無双だ。俺や（当時の）天田《あまだ》は、脇役《モブ》ポジションであったため、メインである大部屋ではなく、四人だけが入れる小部屋担当。

そこで、他にも空気に負けて小部屋に集まった脇役《モブ》男子二人と俺と天田《あまだ》で、『女子と都合よく仲良くなりたい連合』……略してツゴ連を結成する。

以来、校内でもしばらくはその四人で過ごしていた。

といっても、天田《あまだ》は時折その会合には参加せずに、ラブコメを展開していたが。

閑話休題。

カラオケ親睦会の最中、氷高《ひだか》と関わりたかった天田《あまだ》は、一人でパーティルームに行く勇気はないと俺を引き連れて覗《のぞ》きに行き、月山《つきやま》から熱烈なアプローチを受ける氷高《ひだか》を見て、絶望と共に小部屋へと戻っていく。自分じゃダメなのかと嘆く天田《あまだ》を必死に励ましたよ。

だが、この世界は天田《あまだ》にとって都合よくできているからな、救済措置がとられるんだ。

俺が飲み物を取りにドリンクコーナーへ向かった際、偶然にも氷高《ひだか》がやってきた。

——あいつとは何でもない。勘違いとかしないで。

不機嫌そうな顔でそれだけ告げると、飲み物も取らずに早足で去っていった。

氷高《ひだか》は、天田《あまだ》に勘違いしてほしくなかったというわけだ。

ただし、本人に伝えるのは恥ずかしかったから、メッセンジャーを通して伝えようとした。

オッケー。同じツゴ連のメンバーとして、ちゃんと天田《あまだ》に伝えてやろうじゃないか。

俺が氷高《ひだか》からそう告げられたことを天田《あまだ》に伝えると、大喜び。自分にもまだチャンスはあるんだと天田《あまだ》は瞳に希望の光を灯《とも》していた。この時、俺は思った。

二回もフラれたそうだけど、そもそも氷高《ひだか》って天田《あまだ》が好きなんじゃね？

現実と創作を混ぜてはいけないが、比良坂《ひらさか》高校はラブコメ濃度が異常に濃い。

ならば、幼馴染《おさななじみ》が主人公を好きでもおかしくはない。

今までの告白拒絶はただの照れ隠しで、素直になれないだけ。

そして、高校生になってからも天田《あまだ》へ恋心を示さなかったのは、天田《あまだ》が大量のラブコメイベントを発生させたことで、そういう空気ではなくなってしまったから。

これなら、辻褄《つじつま》が合う。

どれだけの美少女に言い寄られようと天田《あまだ》は氷高《ひだか》だけを好きだったのに、環境が二人が結ばれるのを阻止していたのだとしたら、ある意味気の毒な二人だ。まぁ、知らんが。

というわけで、幸せ脇役《モブ》卒業計画第一フェーズは、この親睦会に参加しないことだ。

ここで、天田《あまだ》と必要以上に仲を深めてしまうと、将来的にクソゴミヒロインに利用されて、最低最悪の未来へと辿《たど》り着《つ》いてしまう可能性があるからな。

俺が目指す、『近くにいれば話すけど、わざわざ話しかけにいかない空気脇役《モブ》』という存在になるためには、最低限の交流だけに止《とど》めておく必要がある。

なので、どうやってこの親睦会を断るかが大切だ。

理由もなしに気が乗らないからなんて理由で断ったら、『ノリの悪い奴《やつ》』という認定を受けて、クラスで浮く可能性があるだろう。

ヘドロの出涸《でが》らし共《ども》に嫌われても何とも思わないが、目立つことは極力避けておきたい。

あの狂おしい程に猟奇的な連中は、天田《あまだ》のことがあろうがなかろうが、敵と見なした存在を徹底的にいたぶる生産性が皆無のクソカスな趣味を持っている可能性があるからな。

だからこそ、連中が納得する正当な理由で断る必要がある。

正当な、クラスの親睦会を断る理由………何があるだろう？

妹と約束があるから無理というのはどうだ？

ダメだ。本日最大の反省点として、俺はユズの友達付き合いを邪魔してしまった。ユズには、楽しく幸せな中学時代を過ごしてほしいのだから、俺が独占しすぎるのはよくない。仮に友達と遊びに行くのであれば、どうにかGPSと盗聴器を仕込んだ後に、笑顔で送り出すべきだ。妹は自由にしてやらないとな。次。

中学時代の友達と遊ぶ約束を先に入れるのはどうだ？

ダメだ。俺が最低最悪の地獄に落とされた時、救いを求めて中学時代の友人を頼ったが、全員が俺の断罪の情報を得ており陥《おとしい》れる側に回った。あんなゲロカスのもんじゃ焼きとは二度と関わりたくない。次。

偽りの予定を告げるのはどうだ？

ダメだ。一時的に難を逃れることは可能かもしれないが、それが嘘《うそ》であったと知られたら最悪な事態を呼び込む。確実に、俺は敵と見なされるだろう。

必要なのは、偽りではなく真実の予定。さらに言えば、複数回使用可能な理由がいい。

何かないのか？　部活のように、放課後や休日に予定を入れられるものは……。

「………あ」

その時、俺に天啓が下りた。

ある……。あるじゃないか！　確実に断れる、完璧な理由が！　しかも、その手段は複数回どころか恒久的に使える上に、俺に大きなメリットをもたらしてくれる、最高の理由だ！

クックック……。残念だったな、天田《あまだ》よ。

氷高《ひだか》と月山《つきやま》のイチャつき目撃&伝言は、別のモブ男子に期待しておいてくれ。

大丈夫だ。君はラブコメ主人公なのだから、都合のいい展開はきっと起きるはずさ。

◇　◇　◇

「なぁ、明日の土曜日だけど、みんなで親睦会をしないか？」

翌日の昼休み、教壇の前に立った月山《つきやま》がイケメンオーラ全開でそう言った。

さすが、現時点では女子生徒ほぼ全てのハートをキャッチしているナイスガイ。一斉に女子生徒達が「賛成！」「絶対やろう！」と月山《つきやま》の提案に乗り、男子生徒達も「まぁ、暇だしいいけど」「仕方ないから付き合ってやるよ」なんて、まんざらでもない返事をしている。

「オッケー。それじゃ、みんな出席だと思っていいか？　不参加の奴《やつ》のほうが少なそうだし、どうしても来れないって奴《やつ》だけ手を挙げてくれ」

ちっ。悪気はないのかもしれないが、厄介な言い回しをしてくるな。

これだけクラスの注目が集まっている中で、欠席を伝えるために手を挙げるというのは、かなり勇気のいる行為だ。それこそ、本当は行きたくなくても手を挙げにくい。

できれば先駆者がいると有難《ありがた》いと思って周りを見渡すが、誰も手を挙げない――というか、乗り気じゃない少数は、「誰か手を挙げろよ。そしたら、便乗するから」という情けないオーラを全力で放っている。知ってるよ、一度目の人生でもそうだったからな。

「よし。全員出席だな。じゃあ――」

「あ～。ごめん」

自分の中に残された勇気を必死にかき集めて、俺は手を挙げた。

一斉にクラス中の注目が集まり、軽い吐き気を催してしまう。耐えろ、耐えるんだ。

「どうした？　えっと……」

どうやら、月山《つきやま》はまだ俺の名前を覚えていないらしい。一応、自己紹介はしたんだけど、月《つき》山《やま》にとって俺は覚えるに値しない脇役野郎《モブ》なんだろう。ありがとう、そのままで頼む。

「石井《いしい》だ。ごめん、俺はその日に予定があるから欠席させてもらうよ」

天田《あまだ》は驚きの眼差《まなざ》しで俺を見つめ、俺と同じく欠席しようとしていた奴《やつ》らは、「自分もその戦法でいこう！」とキラキラした眼差《まなざ》しで見つめている。

だが、月山《つきやま》はこれだけで済ます程甘い男ではなかった。

「予定って？」

満面の笑顔で聞いてきているが、目が笑っていない。「全員参加の空気だったろうが」と言わんばかりのオーラを溢《あふ》れさせているのが俺には分かる。ここで物怖《ものお》じしていてはダメだ。

「その日、バイトの面接があるんだ」

「バイト？」

「ああ。うちは小遣いが厳しいからさ、高校生になったらバイトをしないと結構しんどいんだ。

その……情けない話だけど、親睦会に参加する金すらない」

俺の今月の小遣いは、昨日の帰り道にコンビニで買ったユズのポテトチップス代と、ユズのジュース代と、ユズの筆記用具代と、ユズの揚げたてチキン代によって消滅した。

お年玉貯金を崩せば何とかなるが、いついかなる時にユズへの供物《くもつ》が必要になるか分からない以上、無駄遣いをするわけにはいかない。

どうだ、月山《つきやま》。社長の息子であるお前には、金がないという概念がなかっただろう？

だが、庶民は違うんだよ。少ない小遣いで自分のやりたいこと《ユズへの愛情表現》をやり繰りしているんだ。

「そっか。なら、仕方ないな！」

よし。今度は、ちゃんと敵意のない笑顔を引き出すことに成功したぞ。

そんな俺に続いて、他の連中も「俺も予定が……」と名乗りを上げたが、月山《つきやま》から「はいはい、乗り気じゃないからって嘘《うそ》つくなぁ～。こういうのは、みんなで参加するからいいんだよ」とあっさりと辞退自体を却下されていた。ざまぁ。

ただ、そんな中でもう一人、静かに手を挙げる人物がいた。

「私も不参加」

これは、いったいどういうことだ？　なぜ、氷高《ひだか》が親睦会を欠席する？

一度目の人生では、氷高《ひだか》も参加していたじゃないか。

「えっと、氷高《ひだか》はどうして？」

脇役男子《モブ》相手には強気に出られる月山《つきやま》も、氷高《ひだか》には弱腰な態度。

俺は絶賛混乱中。なぜ、一度目の人生と違うことが起きている？

「行きたくないから」

さすが、氷の女帝。クラスの空気などお構いなしに、自らの意志を貫いているぜ。

ここまでハッキリと言われてしまったら、月山《つきやま》も反論はしづらかったのだろう。

加えて、何人かの女子は、氷高《ひだか》が来ないことに喜びの感情を覗《のぞ》かせている。

恐らく、月山《つきやま》と氷高《ひだか》の関係が深まるのを嫌う連中だ。

しかし、なぜ氷高《ひだか》は……もしや、俺のせいか？　俺が不参加と言ったから、自分も便乗して不参加にした。おいおい、随分と狡《こす》いことをするじゃあないか、氷の女帝さんよぉ。

「まぁ、乗り気じゃないなら仕方ないな！　うん！　分かった！」

これ以上、クラスの空気を悪化させたくなかったのか、月山《つきやま》は笑顔で氷高《ひだか》の不参加を受け入れた。「俺達の意見は無視したくせに」と一部の男子から睨《にら》まれているが、お構いなしだ。

ま、俺も不参加になったし関係ないなんて思っていると、月山《つきやま》がそばに寄ってきた。

「なぁ、石井《いしい》。よかったら、連絡先教えてくんね？」

「へ？　俺の？」

一度目の人生で、俺は最後まで月山《つきやま》と連絡先の交換なんてしなかった。

なのに、どうして俺の連絡先を……。

「親睦会に来られないなら、写真だけは送ろうかなって思ってさ」

うっ！　わざわざ、そこまでしてくれるのか……。

まぁ、乱暴なところはあったけど、正義感の強い奴《やつ》ではあったしな……。

「ああ。分かった……」

「サンキュ！」

もしかしたら、俺は月山《つきやま》という男を少し誤解していたのかもしれない。

こいつは、傍若無人な側面もあるが、根は正義感の強い奴《やつ》だったじゃないか。

そりゃ、父親の権力を利用して父さんをクビにした件については今でも恨んでいるけど、あれは誤解から生じた暴走。悪い印象ばかり持って、ごめ——

「じゃあ氷高《ひだか》、お前の連絡先も教えてくれ！　写真を送りたいから！」

排水溝に溜《た》まった残飯以下のゴミクソがぁぁぁぁぁぁぁ!!

利用しやがったな！　この俺を利用しやがったなぁ！　お前のその下らねぇ欲望を満たすためだけに俺の連絡先を聞くとか、随分と股間に忠実な奴《やつ》だなぁ、ああん？

「嫌。そういうの、迷惑」

「あ、はい……」

ざまぁぁぁぁぁぁぁ!!　はい！　ざまぁぁぁぁぁぁぁぁ!!

今だけは、全力で氷高《ひだか》を賞賛してやりたいね！　よくやったぞ、氷高《ひだか》！

「「「「月山《つきやま》君、私にも連絡先教えて！　写真を送るために!!」」」」

「うわっ！　わ、分かったよ……。とりあえず、落ち着いて……」

策士策に溺れるたぁ、このことよ！

無様に断られた月山《つきやま》に、月山《つきやま》の連絡先を狙っていた肉食獣達が一斉に群がっておるわ！

いいぞ！　そのまま残飯を食《く》らい尽《つ》くして、クソとして排出してやれ！

そんな満足感に浸っていると、天田《あまだ》が語り掛けてきた。

「マジかぁ～。石井《いしい》、来ないのか……」

そんな、猛烈にガッカリされることではないと思うのだが？

まるで、恋人と会えない男のようなリアクションじゃないか。

「悪いな。だが、俺にとってバイトは非常に大切なことなんだ」

「あ～、いいよ、いいよ。ところで、どこでバイトすんの？」

「知り合いに来られるのとか絶対に嫌だ。教えない」

「え～！　ケチケチすんなよ。俺と石井《いしい》の仲だろ？」

「ハブとマングースにも劣るが？」

「ひどすぎない!?　いいじゃないか！　教えてくれよ！」

ええい、しつこい奴《やつ》だ。そんなに何度も、教えてコールをしてくるんじゃない。

これは厄介だぞ。ただでさえ、昨日も俺は天田《あまだ》に対してそれなりに険悪な態度を取ってしまっている。さらにここでも拒絶の姿勢を見せてしまうと、悪印象を抱かれる可能性がある。

そうなると、俺は空気脇役《モブ》ではなく悪役脇役《モブ》になって、また家族が……くそ。

「地元のコンビニだよ……。けど、これ以上は教えないからな」

「コンビニ？　なんか面白くないな」

「知るか」

俺は比良坂《ひらさか》高校までは電車通学で、天田《あまだ》と氷高《ひだか》も電車通学。

幸いなことに、天田《あまだ》と氷高《ひだか》とは比良坂《ひらさか》高校の最寄り駅を挟んで、反対方向。

つまり、俺の地元に来るには、天田《あまだ》からしたら結構な手間になる。

しかも、『地元のコンビニ』という情報だけでは、店の特定は難しいだろうからな。

このぐらい、ギリギリセーフだ。最悪、店に来ても無視すればいいし。

「悪かったって。まぁ、採用されるといいな！　応援してるぞ！」

「ああ、サンキュ」

少しだけ計画とは変わってしまったが、及第点の結果ではあるな。

これで、余計なイベントからは逃げられるし、これからも絶対に避けたいイベントの時は、

「バイトがあるから」で逃げることができる。

元々、学校で友達を作るつもりはなかったからな。バイト先で友達を作ろう。

待っていろよ、まだ見ぬ我が同僚達よ。

◇◇◇

——土曜日。

「…………」

今日は一〇時から面接がある。だから、少し早めの九時五〇分頃着を目安に俺は家を出て、目的地であるコンビニに到着した。

ここまではいい。全て予定通りだ。だが、明らかに予定外の事態が発生した。

超絶緊急事態だ。まだ採用も決まってないのに、今すぐにでも転職をしたい。

なぜだ……。なぜ、ここに……

「何をしていらっしゃるので？」

「面接、受けに来た」

氷高命《ひだかみこと》がいるのだ⁉

第二章

ストーカーとは、アグレッシブな努力をする変人のことである

天田《あまだ》のラブコメと関わり合いにならず脇役《モブ》として見届けるため、魑魅《ちみ》魍魎《もうりょう》渦巻く比良坂《ひらさか》高校での人間関係構築を避けるため、俺は地元のコンビニでアルバイトをしながら、新たな交友関係を得ようとウッキウキで面接へと向かった。

そして、面接会場兼将来の勤務先であるコンビニに着いたら、あらビックリ。

天田《あまだ》ラブコメのメインヒロインである氷高命《ひだかみこと》が、そこに立っていたのだ。

しかも、事もあろうか面接を受けに来たと言っている。

「…………」

すごく怖い。

この人、さっきから一言も喋《しゃべ》らずに、無言で俺を睨《にら》みつけてるんだぜ？

「あの、さ、そろそろ面接の時間だから、行ってもいいかな？」

「ん」

尋ねると、小さな返事と小さな頷《うなず》き。

了承を得られた俺は、逃げるように店内へと駆け込んだ。

面接では、どうしてこの店を選んだか聞かれたり、週にどの程度働くことができるかを聞かれたりしたので、家から近かった、毎日入れると伝えた。ただ、稼ぎ過ぎると税金がかかるという情報を得ていたので、そのラインは超えない範囲でだ。

面接での感触は非常に好印象——というか、その場で採用が決まった。

店長さんは、「じゃあ、明日から来てよ。新人研修やっちゃお」と言ってくれたので、俺は胸をなでおろしてコンビニの事務所から退室した。

すると、次の面接のためになぜか事務所のドアに密着していた氷高《ひだか》がいたので、その体に触れないよう慎重かつ迅速に逃亡しようとしたのだが、すれ違いざまに「待ってて」と言われてしまった。聞こえなかったフリをしては、ダメだろうか？

残念ながら、そんな度胸を持ち合わせていなかった俺は、やむを得ず店外へ出て待機。

約一五分後。面接を終えた氷高《ひだか》がコンビニ内をウロウロと探索した末に、店の外にいる俺の姿を発見して、こちらへとやってきた。

「………ありがと」

「いや、別にいいけど……」

目の前にやってきた氷高《ひだか》は、やはりとてつもない美人だ。

私服姿を見ることなんて滅多にないので、うちのクラスの連中からしたら、相当なレア状態の氷高《ひだか》と俺は接していることになるのだろう。で、なぜ俺を待たせていた？

「………」

沈黙が重い。待てと言われたから、待っていたんだぞと心の中でだけクレームを入れる。

耐え切れず、俺は質問した。

「その、面接はどうだった？」

「合格。明日から研修。そっちは？」

なんということでしょう。氷高《ひだか》さんが、質問を飛ばしてきましたよ。

いつも何を聞いても冷淡な返事しかせず、文字数も少なめなのに、まさかの一〇文字オーバーのお言葉をいただくとは、明日の天気は斧《おの》か？

「合格したよ。明日から研修だ」

「――――良き」

「え？」

何か小さく言葉を漏らしていたが、小さすぎて聞こえなかった。

ただ、それ以上追及されたくないのか、氷高《ひだか》は凄《すさ》まじく鋭い眼差《まなざ》しで俺を睨《にら》んできた。

ものすごく怖い。

「何でもない。時間は？」

「えっと、一〇時から一八時で……」

「同じ」

マジ勘弁して下さいよ。ウキウキで同年代の同僚と友達になれたらと思っていたのに、こんなドキドキの危険人物が来るなんて聞いていないぞ。

「その……。なんで、このコンビニで働こうと思ったんだ？」

「………………っ！」

こわっ！　氷高《ひだか》の目が、とてつもない勢いで見開かれたよ。

そんなに聞いちゃいけないことだったか？

「近かったから」

嘘《うそ》つけ。お前の地元は、ここから電車で軽く三〇分はかかる距離だろうが。

軽いバイトにしては遠すぎる距離だろうに。意味が分からん。

どうして、よりにもよって氷高《ひだか》が同僚になるんだ？　一度目の人生では、氷高《ひだか》はアルバイトも部活もせずに、いつもすたこらさっさと帰っていたじゃないか。

そのくせ、クラス全員が参加するイベントにだけはなぜか必ず参加していて……。

「あのさ、氷高《ひだか》……さん」

「なに？」

パチパチと綺麗《きれい》な瞳を瞬《まばた》きさせながら、俺を見つめる氷高《ひだか》。

こうして至近距離で見ると、天田《あまだ》を含めたうちのクラスの男子連中が夢中になるのもよく分かる美貌だ。実際、俺も氷高《ひだか》が好きだったしな。

天田《あまだ》程、強い気持ちがあったわけじゃないけど……って、今は美貌に浸るんじゃなくて、ちゃんと言うべきことを言わなければ。

「できれば、同じバイト先で働いてることは内緒にしてほしいんだけど……」

「………っ！」

強張《こわば》った表情。俺からの頼みというのは、そんなに聞きたくないのか。

まぁ、一度目の人生でもメチャクチャ嫌われていたのは知ってるけどさ……。

「嫌、なの？」

正直に言わせてもらえば、ものすごく嫌だ。

一度目の人生に於《お》いて、氷高《ひだか》が俺へ害を為《な》したことは一度たりともない。

だけど、氷高《ひだか》はあの天田《あまだ》の想《おも》い人《びと》なんだ……。

「嫌っていうか……」

「………」

嵐の前の静けさとは、今の氷高《ひだか》のような状態を言うのかもしれない。

いいや、ビビるな。恐れて逃げ出してしまったら、俺だけじゃなく家族が死ぬ。

言うべきことは言う。拒絶されたら、対策を考えればいい。

「その、あんまり学校の奴《やつ》らに、ここで働いてるって知られたくないんだ」

「………ごめんなさい」

はて？　今のは幻聴か？　あの氷高命《ひだかみこと》が、俺に謝罪をしているぞ。

明日の天気は、斧《おの》のち隕石《いんせき》か？

「別に氷高《ひだか》が悪いわけじゃないよ。ただ、二人だけの秘密にしておきたいというか……」

「────っ！」

氷高《ひだか》の顔が、分かりやすく真っ赤になった。

やばい。ただでさえ、ブチギレ寸前の氷高《ひだか》に新たな燃料を投下してしまうとは。

「────き」

「へ？」

「すごく良き」

いったい、この子は何を言っちゃっていらっしゃるので？

俺の発言のどこに、良き要素があったのか詳しく説明していただけません？

「分かった。秘密にする。ふ、ふ、二人だけの……ふ、ふ、ふひひひみみみ……」

あらやだ、ホラー。笑顔が怖すぎるんだけど……。

「助かるよ。その、氷高《ひだか》は目立つから苦労するかもだけど、できる限りフォローはするから」

「目立つ？　どうして？」

本気で首を傾《かし》げていらっしゃるので？

「氷高《ひだか》は相当な美人じゃないか。だから、目立つって話」

「!?!?!?!?　！！！？？！！　!?」

ちょっと何言ってるか、ほんとに分からない。

「今日は良き日。……素晴らしき良き日」

実は氷高《ひだか》って、大分面白い性格をしているのでは？

「分かった。石井《いしい》か、か、かかかずずきぃがそう言うなら気をつける。対策もする」

俺の名前、そんなエキセントリックじゃない。

「じゃあ、明日もよろ——」

「待たれよ」

「なんぞ？」

立ち去ろうとしたら、遠慮がち且《か》つ力強く服の裾を掴《つか》まれた。

「あの……。えと……。その……」

なぜ、彼女は俺を怯《おび》えさせることに余念がないのだろう。

もしかして、対価を要求されるのだろうか？　内緒にしてやるから、給料の半分をよこせ。

そんな恐怖に震えていた俺だが、氷高《ひだか》は中々口を開かない。三分程沈黙した後に、モジモジと鞄《かばん》を漁《あさ》り始《はじ》めるとスマートフォンを取り出して、俺へと向けてきた。

「連絡先。秘密の共有者なら交換するべきだと私は思う」

私は思わない。声を大にしてそう言える勇気を、世界中からかき集めたい。

「分かった。じゃあ……」

やむを得ず、スマートフォンを取り出して、氷高《ひだか》と連絡先を交換する。

すると、目の前にいるにもかかわらず、氷高《ひだか》がスタンプを送ってきた。可愛《かわい》らしい雪だるまのイラストに「よろしく」というメッセージとハートマーク。すごく、キャラに合っていない。

視線で『返事をよこせ』と促された気がしたので、俺もスタンプを送る。おにぎりのイラストによろしくと☆マーク。それを確認すると、氷高《ひだか》が小さく微笑《ほほえ》んだ。

まるで絵画のように整った笑顔だ。心なしか、後光すら見える気もする。

「よろしく」

「あ、ああ……」

そこでようやく満足したのか、氷高《ひだか》は足早に去っていった。

残された俺は、茫然《ぼうぜん》と氷高《ひだか》の後ろ姿を眺めながら、

「どうして、こうなった？」

唐突に訪れた、絶望的な状況に嘆くことしかできなかった。

なお、その日の夜まで待っても、月山《つきやま》から親睦会の写真が送られてくることはなかった。

やはり、あの発情残飯は氷高《ひだか》の連絡先を知るためだけに、俺の連絡先を聞いたようだ。

◇◇◇

日曜日。俺が初出勤のためにコンビニへと向かうと、すでに氷高《ひだか》は到着していた。

到着していたのだが、格好が昨日とはまるで異なるものになっている。

「……どう？」

普段の氷高《ひだか》とは随分と違う、三つ編みに眼鏡をかけたスタイル。

どうして、こんなことになってしまったのだ？

「対策。これで、比良坂《ひらさか》高校の人が来ても私ってバレない」

名札って知ってる？　君の胸元には思い切り「ひだか」って書かれた名札が装着されているんだ。それで、どうやって正体を隠すつもりだい？

「どう？」

再び、同じ質問。俺の返答を待っているようだ。

「えーっと、良く似合ってると思う」

「ん」

返事に満足したのか、氷高《ひだか》は表情をさほど変化させずにピースを向ける。

多分、喜んでる……のだと思う。

ひだか

「君も似合ってる」

それは、コンビニの制服のことだろうか？　褒められても、あまり嬉《うれ》しくない。

「ありがと。その、今日から一緒に頑張ろうな」

「ん」

果たして、俺は無事に今日という日を乗り切れるのだろうか？

◇　◇　◇

「──って感じで、古い商品を前に、新しい商品を後ろに並べるの」

「分かりました」「はい」

研修初日、俺と氷高《ひだか》は中年女性の店長から業務についての説明を受けていた。

商品の陳列やトイレ掃除、中華まんやフライの作り方、そしてレジの使い方についてだ。

「ひとまず、今日はレジを集中的にやってみて。タバコの銘柄は、分からなかったら番号でお願いしますって伝えれば大丈夫だからね」

レジの背後に並んだタバコは、全部で一〇〇種類以上。

熟練のコンビニ店員は、これらの名前も全部覚えているのだろうか？

そんなこんなで、始まったアルバイト初日なのだが……

「お待ちのお客様、こちらへどうぞ！」

そう言うと、一部の男性客がものすごく嫌そうな顔をして俺のレジへとやってくる。

余計なことをしやがってという気持ちを、まるで隠す気がない。

このコンビニには、レジが全部で三つある。うち一つは現在稼働《かどう》していないが、残りの二つにはそれぞれ俺と氷高《ひだか》が立っている。そして、男性客のほとんどは氷高《ひだか》を見た瞬間に、俺ではなく氷高《ひだか》のレジへと向かっていくのだ。おかげで、俺のレジはスッカスカなのに、氷高《ひだか》のレジは長蛇の列ができるという、珍現象が発生していた。

「お願いします！」

「よろしくお願いします！」

「ねぇ、よかったら連絡さ――「おい、終わったならどけよ！」――くそう！」

「おねしゃす！」

まだ初日なのに、いきなり大勢の客を捌《さば》くことになった氷高《ひだか》は大変そうだ。

自分のレジだけどうして混雑しているか理解できていないようで、困惑した表情を浮かべながら、懸命にレジにバーコードを読み込ませている。

「これが、新人いびり……」

違います。

その間、俺は高齢の客の対応をしていた。

「マイセンスーパーライトで」

「すみません。番号でお願いします」

「あぁ、27番だよ」

客から番号を聞いて、27番のタバコを取りに行くとスーパーライトと記載はされているのだが、マイセンなどという名前ではなくメビウスと記載されていた。

これがどうしたら、マイセンなどという名称へと変化していくのだ。

タバコには、謎が多いぺこ。

そんなこんなで、レジ業務に就いて二時間が経過した頃に店長がやってきて、「氷高《ひだか》さん、休憩に入って」と告げたところで、ひっきりなしに客の相手をしていた氷高《ひだか》は事務所へと向かっていった。

すれ違い様、「頑張って」と小さく声をかけられたので、「ありがとう」と返す。

まさか、氷高《ひだか》が俺を労《ねぎら》うとは。別人では?

それから三〇分後、休憩を終えた氷高《ひだか》が戻ってきたので、入れ替わりで俺が休憩に。

先程応援をしてもらったお返しに俺からも「頑張れよ」と伝えると、「ん」と小さな返事だけが返ってきた。

コンビニの事務所というのは俺が思っていたよりもずっと狭く、二畳程度の広さで、その内の半分をテーブルとパソコンが占めている。

なので、俺は作業の邪魔にならないように隅っこに腰を下ろして、スマホを確認する。

『アルバイト、どう？』

ユズからのメッセージを確認して、思わず顔がにやついてしまう。

あぁ、こんな風に俺を心配してくれるなんて、なんて素晴らしい妹なんだ。

待っていろよ、ユズ。お兄ちゃんのバイト代は、ユズへのお布施《ふせ》と将来何かトラブルが起きた時のためにちゃんと貯金をしておくからな。

『バッチリだ！　お土産、何が欲しい？』

『パパに頼んだから平気。カズに頼むと、こないだみたいに大量に買いそうだし』

くう！　いらぬ気遣いをしおって！

可愛《かわい》いなぁ！　俺の妹は、本当に可愛《かわい》いなぁ！

ニヤニヤとスマホを眺めていると、店長が話しかけてきた。

「んふふふ。石井《いしい》君、嬉《うれ》しそうな顔だねぇ～。彼女？」

「いえ、妹です」

「あ、そうなんだ。仲が良《い》いんだねぇ」

「はい。たとえ世界が滅亡しようとも、今度こそ妹だけは守ってみせます」

「まるで、世界の滅亡を経験してきたみたいな言い方だね……」

家族《せかい》の滅亡は経験済みですから。

だからこそ、二度目の人生では絶対に失敗しないように立ち回るつもりだった。

だが、随分とおかしいことになっている。

まだ二度目の人生がスタートしてから四日しか経過していないが、一度目の人生とは異なる展開が発生しているからだ。

もちろん、俺が一度目の時と違う行動を取っているからというのは分かる。

天田《あまだ》との友人関係やクラスの親睦会を避けられたのは、目論見通《もくろみどお》り。

氷高《ひだか》が俺と同じバイト先で働くことになったのは、目論見外《もくろみがい》。

これが、バタフライ・エフェクトというものなのだろうか？

いや、まぁいい。起きてしまったことを悔やむよりも、今度の対策を考えよう。

幸いにして、氷高《ひだか》は同じコンビニで働いていることを内緒にしてくれるみたいだ。

ただ、学校ではどう接すればいい？　俺は、氷高《ひだか》に声をかけるべきなのか？

ダメだ。危険すぎる。氷高《ひだか》に声をかければ、確実に天田《あまだ》もついてくるだろうし、同じバイト先だと知られた日には、天田《あまだ》はありとあらゆる理由をつけてこのコンビニへやってくるだろう。

そこで、俺を巻き込みつつラブコメが展開されれば、最悪の破滅イベントが発生する可能性が激高《げきたか》。ああ、今思い出しても全身が身震いする。

あのドぐされ女は、入念に俺を陥《おとしい》れる準備をしていたようで、無実の証拠を探そうとしても何一つ見つからなかった。恋愛に頭をやられた女の恐ろしさを、体に教え込まれたよ。

っていうか、天田《あまだ》も少しは俺を信じてくれよな。それなりに仲良く過ごしていたわけだしさ、最初から何も聞かないスタイルでこないでくれよ。あんな経験は二度とごめんだ。

◇　◇　◇

一七時。そろそろバイトも終盤で、あと一時間でようやく解放される。

コンビニバイトで一番しんどいのは、客の少ない時間にレジに立っていることだった。

とにかく、やることがなくて暇。

かといって、雑談で時間をつぶそうにも一緒にいるのは氷高《ひだか》で話しかけづらいし、そもそも勤務中に雑談をするというのはクレームの元にもなる。

だから、タバコの補充をしたり、無駄に商品を丁寧に陳列したり、少しだけ減った中華まんを補充したりして時間をつぶしていた。

そんな中、氷高《ひだか》はタバコをジッと見つめて、懸命に銘柄を覚えようと努力していた。

タバコを注文する客は大まかに、番号で注文、正式名称で注文、略称で注文の三種類に分かれており、一番厄介なのが略称で注文する客だ。

マイセンという意味不明な略称を筆頭に、キンマル、セッター、アメスピ、ロンピー。

時折、同じタバコなのに別の略称で言われた時は、意味が分からないと困惑したものだ。

ともあれ、無事にバイト初日も終盤。あと少しで解放だ。

そんなことを思っていた時、店の自動ドアが開き見知った顔が入ってきた。

「……………あっ！　……やほっ」

俺を見つけると嬉《うれ》しそうに微笑《ほほえ》み、小さく手を振る上機嫌な中年男性。……父さんだ。

ついでに、隣のレジの氷高《ひだか》を見て少しだけ驚いた表情を見せていたが、すぐさま気を取り直して、いくつかの商品を手に取り、俺の立つレジの前までやってきた。

「お願いします！」

「レジ袋はご利用になりますか？」

「お願いしま～す！」

ウッキウキである。まったく、父さんは仕方ないな。

「来てくれてありがとな、父さん」

「来たくて来ただけだよぉ～。和希《かずき》君が頑張ってるところはちゃんと見に来ないとね！　それにしても、同僚の子すごい美人さんだね！　和希《かずき》君の彼女かい？」

「初日で同僚に手を出すってやばいと思わない？」

「そうだねぇ～。早朝に涙と鼻水と涎《よだれ》でスーツをトッピングされるくらいやばいかも」

その節は、大変ご迷惑をおかけしました……。

父さんが買ったポテトチップスとジュース、それにいくつかのつまみをレジ袋に詰めようとしたら、いつの間にか隣にやってきていた氷高《ひだか》にレジ袋を奪われた。

「袋、詰めとく。お会計、やって」

「あ、ああ……。ありがとう……」

手が空いている時は袋詰めを手伝うよう言われていたが、並んでる客はいないし別に手伝わなくてもいいと思うんだが……氷高《ひだか》も暇だったのだろう。黙々と商品を袋に詰めている。

なぜか、父さんに向けて胸元をやけにアピールしながら。ハニートラップか？

「ひだかさんって言うんだね。和希《かずき》君とはお友達？」

「今のところは」

俺と氷高《ひだか》はお友達だったのか。そして、今のところはなのか。

将来的には友達関係ではなくなり、破滅へと導くということか？

「和希《かずき》君、やったね！」

何も祝われる要素がなくて困る。父さんは何をウキウキしているのだ。

「ひだかさん、和希《かずき》君をよろしくね。変なところもあるけど、すっごくいい子だから」

「はい。お義父《とう》さん」

心なしか、「お父さん」に随分と力が籠もっていた気がしたが、気のせいだろうか。

会計を終わらせて商品を氷高《ひだか》から受け取ると、父さんは満足げに「二人とも頑張ってね」と告げて店から去っていった。

バイトの残り時間は、三〇分。父さんも帰り、袋詰めを終わらせた氷高《ひだか》は自分のレジへと戻るかと思っていたのだが、まだ横に立っている。そして、次のお客さんがやってきた。

「袋はどうされますか？」

「いりません」

「………なんとっ！」

女性客から袋を必要としない旨《むね》を告げられると、氷高《ひだか》は凄《すさ》まじく残念そうな顔でトボトボと自分のレジへと戻っていった。

◇　◇　◇

一八時になり、最後のお客さんの対応を終えたところで、俺と氷高《ひだか》の研修初日は終わった。

二人で事務所に戻り、制服を脱いで私服に戻る。

すると、店長が上機嫌に俺達へ語り掛けてきた。

「二人とも、お疲れ様。初めてで色々大変だったでしょ？　今日はゆっくり休んでね」

「はい。ありがとうございます」

「はい」

「お腹空《なかす》いてたら、廃棄弁当食べてもいいよ。本当はダメなんだけど、お家《うち》に持ち帰らない分にはいいかなって。結局、捨てちゃうだけだしねぇ」

　廃棄弁当をタダで食べられるのはコンビニバイトの醍醐味《だいごみ》だと思っていたが、実際は禁止されているのか。まぁ、俺は家も近いし必要ないか。

「あ、俺は大丈夫です」

「私も平気です」

「へぇ～。珍しいね。うちにバイトに来る子はこれを楽しみにしてる子が多いのに」

　気さくな店長というのは、非常に有難《ありがた》いな。

　これで厳しい人だったら、少し働きづらい気持ちになったが、この人なら安心して働くことができそうだ。別の巨大すぎる不安要素があるのはさておき。

「えっと、じゃあ失礼しますね。今日はありがとうございました」

「お疲れ、石井《いしい》君、氷高《ひだか》さん。また、明日もよろしくねぇ！」

「はい……って、あれ？　氷高《ひだか》も？」

「ん。明日も入ってる」

　そうか。明日も氷高《ひだか》とバイトで一緒なのか。

　なら、学校から二人でバイト先に向かうか？　バカ言っちゃいけねぇよ。

「お互い、頑張ろうな」

「ん」

そもそも、学校から一緒に行こうなんて誘い自体、氷高《ひだか》にとってもいい迷惑だろう。なにせ、氷高《ひだか》は天田《あまだ》のことが好きなんだ。いくら同じバイトに行くとはいえ、好きでもない男と二人で帰るところなんて、好きな相手には絶対に見られたくないに決まっている。

そう判断した俺は、足早にコンビニをあとにした。

◇◇◇

俺の家からこのコンビニまでは、徒歩一五分程度。

最寄りのコンビニは徒歩五分程度の場所にあるが、自分の家から一番近い店で働くというのは、どうにもむずがゆい気持ちになったため、少し離れた店を選んだ。

ともあれ、そんなことはどうでもいい。考えるべきは、氷高《ひだか》のことだ。

なぜ、氷高《ひだか》は俺と同じバイトを始めた？　こんな異常事態は、一度目の人生では起きなかったのだし、確実に何らかの理由があるはずだ。

可能性が高いのは、天田《あまだ》絡《がら》み。

最悪なパターンは、氷高《ひだか》が天田《あまだ》と恋人同士になりたいからと俺に協力を要請してくる、だ。

一度目の人生では、それが原因で俺の家族は最悪の結末を迎えて、俺自身も命を落とすことになってしまった。だからこそ、絶対に氷高《ひだか》の恋の手伝いは……

「……待てよ」

今の天田《あまだ》なら、そして相手が氷高《ひだか》なら大丈夫なのではないか？

あいつは、凄《すさ》まじきラブコメ主人公ではあったが、現時点ではまだそうはなっていない。

続々と現れるヒロインは、現時点では誰一人として天田《あまだ》に対して恋愛感情を抱いていない。

加えて、どれだけ大勢のヒロインに言い寄られようと、天田《あまだ》はひたすらに氷高《ひだか》一筋だった。

だったら、今のうちにくっつけちゃえばいいんじゃね？

天田《あまだ》のラブコメに自ら足を踏み入れるのはかなり危険な行為ではあるが、ただ情報を伝えるだけであればそれなりの安全マージンを確保することができる。

加えて、天田《あまだ》と氷高《ひだか》が恋人になるというのは、俺にとって危険を冒す価値のある状況だ。

そうしたら、たとえ天田《あまだ》がヒロインと出会ったとしても、「恋人がいる」という完璧なシールドが生まれているから、そもそも恋愛感情すら抱かれない可能性がある。

さらに、俺自身も俺を地獄へと叩《たた》き落《お》としたドブカス女に恋愛サポートを依頼されたとしても、「恋人のいる相手の邪魔はしたくない」と確実な大義名分で断ることができる。

そうだ！　そうだよ！　虎穴に入らずんば虎子を得ずだ！

今の内から、天田《あまだ》と氷高《ひだか》をくっつけてしまえば、何もかもが解決するじゃないか！

そうと決まれば、明日にでも――

「ねぇ、ちょっといい？」

「ひゃあい！」

ビックリした。突然、後ろから声が聞こえたと思ったら、氷高《ひだか》がいた。

なぜ、氷高《ひだか》がここに？　駅は正反対の方向じゃないか。まぁ、いい。好都合だ。

「ひ、氷高《ひだか》じゃないか……。ちょうど、良かったよ。実は氷高《ひだか》に大切な話があったんだ」

「大切な話？」

氷高《ひだか》は俺を見ること自体が嫌なのか、顔を明後日《あさって》の方向へと向けている。

さすがに、ここまで嫌われるとちょっとへこむぞ。

「石井《いしい》君から大切な話って言われるとドキドキするんだけど、その辺分かってる？」

「えっと、あんまり分かってない。ところで、なんか口調が……」

さっきまでと、態度が随分と違いやしないだろうか？

バイト中の氷高《ひだか》は、端的に返事をしたり、片言で話すことが多かった。

だが、今の氷高《ひだか》は随分とハキハキと喋《しゃべ》っている。

「元々、私はこんな感じなの。ただ、相手によっては顔を見てると緊張して上手《うま》く喋《しゃべ》れなくなるから、それが昨日今日一番の反省点。だから、謝りたくて追いかけてきたの」

つまり、俺の顔を見ているとイライラして片言になるから、今は絶対に見ないようにしてるわけね……。その行動自体が傷つきまっせ。

「別に気にしてないからいいよ」

「ありがと。あとさ、石井《いしい》君からの大切な話の前に、一つ聞いてもいい？」

「どうした？」

「……………石井《いしい》君って、彼女がいるの？」

「いないが？」

この人は、いったい何を仰《おつしや》ってらっしゃるので？

しかし、俺の返答がお気に召さなかったのか、氷高《ひだか》が不機嫌……いや、不安そうな表情になった。相変わらず、俺のほうは決して見ないままに。

「でも、入学式の後の帰り道で、手を繋《つな》いでる子がいたよ？」

「妹だよ。妹のユズ。俺にとって世界で一番可愛《かわい》い妹なんだ！　あっ！　よかったら、写真見るか？　凄《すさ》まじく嫌がられたけど、必死に頼んだら撮らせてくれたんだ！」

「そこまでは大丈夫。そっか、あの子は妹さんか。うん、言われると面影もあったね……」

氷高《ひだか》は穏やかな笑みを浮かべて、ホッと息を吐《つ》く。

そういう色っぽい仕草はするものじゃない。勘違いする奴《やつ》が出てくるからな。

「安心した。じゃあ、石井《いしい》君の大切な話を聞かせてもらえる？」

お、ようやく俺の番が回ってきたか。よしよし、では早速……

「氷高《ひだか》って、好きな奴絡《やつがら》みであのコンビニで働いてるだろ？」

「…………っ！」

ハッキリ指摘すると、氷高《ひだか》の顔が分かりやすく真っ赤になった。

やはり、俺の予想は正しかったようだな。

氷高《ひだか》は、天田《あまだ》と恋人関係になりたいから、天田《あまだ》と席が近い俺と仲良くなりたかったのだ。恐らく、クラスの親睦会を欠席したのもそれが理由だろう。

将よりも馬を射ようとしすぎではあるが、恋愛とは回りくどいものだ。

傍目《はため》にラブコメを見続けてきた俺には、よく分かる。無干渉恋愛マスターたぁ俺のことよ。

「そ、そんな、ことは、ない、けど？」

「無理すんなって。全然ごまかせてないぞ？」

「～～～～っ！」

おうおう、恋する乙女は可愛《かわい》い反応をするねぇ。

どれ？　仕方がないから、そんな氷高《ひだか》さんに最高にハッピーなお言葉をプレゼントしてあげちゃいやしましょうかね。喜びすぎて、火山でも噴火するかもな。

「両想《りょうおも》いだから安心しろ」

はい。ミッションコンプリート。これ以上は、何もしないぞ。

告白の状況作りを手伝えとか、そういうのは絶対にやらん。

あくまでも俺は、絶対的安全圏の中でしか行動しない男だからな。言葉だけならセーフ。

「え？　え？　え？　えええええええええええええええ!!」

ここまで驚いた氷高《ひだか》を見たのは、俺が世界初ではないか？

氷《ひ》高《だか》驚かせ大会の金メダリストになっちまったようだな。困っちまうぜ。

「本当⁉ 本当に、両想《りようおも》いなの⁉」

今まで一切俺を見なかったくせに、両想《りようおも》いという情報を得た瞬間に凄《すさ》まじい勢いで顔面を近づけてきた。まるでキス一歩手前の距離だが、自分が氷《ひ》高《だか》の想《おも》い人《びと》ではないという自覚があると、これだけ美人でも案外ドキドキしないものだな。

「ああ。間違いなく両想《りようおも》いだ。だから、さっさと告れ」

「――っ！ 石井《いしい》君、強引！ ……でも、それもすごく良きっ！」

左様か。まぁ、これだけ喜んでくれたのなら、俺としても伝えた甲斐《かい》があったよ。

では、今すぐに地元へ帰って天田《あまだ》照人《てるひと》に告白してきなさい。

君達の恋愛成就《れんあいじようじゆ》は、俺の世界を救うんだ。愛は世界を救う。時折、着服もあるが。

「分かった。言われた通りにする。こんな好都合な展開ならせざるを得ない」

そうだろう？ 俺にとっても非常に好都合な展開なので、まさにウィンウィンだな。

俺も家に帰ったら、ユズに対して全力で愛を――

「石井《いしい》和希《かずき》君、好きです。付き合って下さい」

「……………………何と？」

「もう一度言わせるなんて、やっぱり石井《いしい》君は強引！　でも、良きっ！　良き良き！」

あの、ちょっと氷高《ひだか》さん。一人で盛り上がらないでもらってもよろしいでしょうか？

僕はですね、貴方《あなた》が天田照人《あまだてるひと》君に対して恋愛感情を抱いていると思って……。

気のせいだな。きっと、これは気のせいか、幻聴だ。そうに違いない。

「石井和希《いしいかずき》君、愛しています。結婚しましょう」

「大幅にパワーアップしている！」

ちょっと、待てよ！　どういうことだよ⁉

なんで、氷の女帝たる氷高命《ひだかみこと》が脇役《モブ》中の脇役《モブ》である俺に告白しているんだ⁉

「両想《りょうおも》いなんて夢みたい！　もしかしたら、これは夢？　でも、夢でも良き！　夢なら、このまま欲望の限りが尽くせる！　ならば、確認も兼ねて実行あるのみ！　……いざ！」

「ちょっと待てぃ！」

グワッと俺に抱き着こうとしてきたので、思わず肩を強く押さえて止めた。

ものすごく不満そうな目で、氷高《ひだか》にジロリと見つめられる。

「……解《げ》せぬ」

「俺もだ」

予想外の事態が発生しまくっていたが、これが最大の予想外の事態だ。

氷高《ひだか》が俺を好きだって？　俺は前世で、徳で出来たスカイツリーでも建築したのか？

いや、前世では凄惨ないじめを受けて死んでいるな。

あれを前世と判断していいのかどうかはさておき。

まずいぞ……。とんでもない勘違いをして、最悪の選択をしてしまったじゃないか。

てっきり、天田《あまだ》を好きだと思って「告白しろ」なんて煽《あお》ったら、まさかの俺が被弾。

絶対的安全圏にいると思ったら、とんでもない爆心地にいたときたもんだ。

本来であれば、人生初の告白が学校一の美少女からというラブコメ展開に大喜びをして踊り出すべきなのだろう。だが、俺にはそれができない。なぜなら、未来を知っているから。

もし……もしも、ここで俺と氷高《ひだか》が付き合ってしまったら、確実に俺と天田《あまだ》の仲は拗《こじ》れる。

加えて、月山《つきやま》からもとんでもない怨念を向けられるだろう。

もしかしたら、敵と見なされることで断罪イベントが発生する可能性も……。

「誰かと、間違えてはいやしないか？」

「間違えてない。私、ずっと石井《いしい》君が好きだった。名前で呼んでいい？」

どうやら、勘違いではないらしい。距離の詰め方がえげつない。

「あ、あ〜。すまないが、いくつか確認させてもらってもいいか？」

「いいよ、かずぴょん」

許可を出してないのに、名前をスキップして愛称で呼ばれた。ちょっとしたミステリーだぜ。

「クラスの親睦会に参加しなかったのは？」

「かずぴょんがいない所に行っても、時間の無駄」

「あのバイト先を選んだのは？」

「かずぴょんがあそこで働くと思ったから」

「どうして、そう思った？」

「教室で、コンビニでバイトするって言ってた」

この女、いかつい聴力を装備してやがる。まさか、天田《あまだ》との会話を聞かれているとは。

「それだけで、あのコンビニと断定はできないはずだが？」

「入学式の帰りに妹さんと一緒に寄って、バイト募集の貼り紙見てたじゃん。あの時は、彼女がいると思って、ものすごくショックだった。勘違いで嬉《うれ》しかった。良き。良き良き良き！」

そういえば、ユズがすごく綺麗《きれい》な人が俺を見ているとか言っていたような……。

っていうか、そうだよ！

ついさっきも、なぜか氷高《ひだか》は入学式の後の俺の行動を知っていたじゃないか！

まさか、この女……

「氷高《ひだか》よ。入学式の帰りに、俺をつけていたのか？」

「してないよ。入学式の帰りも、次の日も、昨日も、お家《うち》に帰るまで見送っただけ」

「どえらいストーカーじゃねぇか！」

「違うよ。ただのアグレッシブな努力家だよ？」

こんなんが、努力家として認知される法治国家があってたまるか。

「でも、別にいいでしょ？　両想《りょうおも》いなんだし」

「うぐっ！」

そう……。そうなんだよ……。

今回の件に於《お》いて、氷高《ひだか》の想定外のストーキング行為の自白に恐怖したが、致命的な失敗をしてしまったのは俺自身。氷高《ひだか》が天田《あまだ》を好きと勘違いして、告白を促したのだから。

俺が余計なことを言わなければ、氷高《ひだか》は告白なんてしなかっただろうし、ストーカー行為も自白せずにひっそりと行っていただろう。いや、それは困るが。

「かずぴょん？」

どうする？　俺は一体、どうすればいい？

このまま、真実を伏せて氷高《ひだか》と恋人関係になるべきなのか？

そりゃ、これだけの美人なんだから、恋人にできたらさぞ鼻が高いだろう。

前回の人生であれだけ苦しめられた、天田《あまだ》への復讐《ふくしゅう》にもなる。

破滅イベントも、氷高《ひだか》に協力してもらえれば回避できるかもしれない。

だが、そんな思考を巡らしてしまっている時点で、俺に氷高《ひだか》の求めている恋愛感情などないことは明白。氷高《ひだか》はトロフィーなどではなく、ちゃんとした女の子なんだ。

ならば……

「ごめんなさい！　勘違いしていました!!」

全力で地面に頭を押し付けて、土下座をした。

一度目の人生で土下座は何度もさせられていたから、俺のフォームに隙はない。

まさか、こんな場面でこのスキルが役立つとは思ってもみなかったが。

「か、勘違い？」

氷高《ひだか》が震えた声を出した。

「ごめん！　俺、氷高《ひだか》が好きなのは天田《あまだ》だと思ってた！　それで、天田《あまだ》も氷高《ひだか》を好きだから、二人が恋人になればって思って……本当にごめんなさい!!」

「――――っ！　じゃ、じゃあ、かずぴょんは、私を好き、じゃないの？」

幸福の絶頂から、奈落の底に落とされたかのような悲しげな声。

自分がやってしまったことへの罪悪感がどこまでも溜《た》まっていく。

「好きか好きじゃないかで聞かれたら、好きです！　外見に関しては完璧で、理想的な女の子だから！　でも、それだけなんだ！　俺と氷高《ひだか》の『好き』には明確な違いがあると思う！　外見だけ好みだから、氷高《ひだか》と付き合うなんて失礼なことはできない！　その、勘違いしてもっと失礼なことをした俺が言うのもあれだけど！　とにかく、ごめんなさい！」

もしも、これが一度目の人生であれば、俺は間違いなく氷高《ひだか》と付き合っていた。

だけど、今は違う。ラブコメに巻き込まれて地獄を見た俺だからこそ、女の怖さをよく理解してしまっているんだ。だから、外見だけで判断して付き合うなんて絶対にできないし、真剣な感情を向けてくれた相手に、中途半端《ちゅうとはんぱ》な気持ちで向き合いたくない。

「……………そっか」

氷高《ひだか》が、小さくそう呟《つぶや》いた。

「勘違いは仕方ないよね。私も、かずぴょんに彼女がいるって勘違いしてたし……」

そう言ってくれるのは有難《ありがた》いが、俺のやらかしはレベルが違うだろう。

「ねぇ、かずぴょん。顔を上げて」

「あ、ああ……」

言われた通りに顔を上げると、そこには瞳に涙を浮かべる氷高《ひだか》がいた。

涙が街灯に照らされて、こんな状況にもかかわらず綺麗《きれい》だななんて思ってしまった。

「ハッキリ言ってもらえて、嬉《うれ》しかったよ。私の外見じゃなくて、ちゃんと中身を見てくれるなんて、かずぴょんは素敵だなって思った。粘着系腐ったチーズのことを好きだと思われてたのは、心外極まりないけど」

そこまで、言わなくてもよくない？

「少し予定と変わっただけだから平気。元々、今日かずぴょんに告白するつもりだったしね」

「お、俺に？」

「うん。ちょうど、かずぴょんのお部屋に侵にゅ……お邪魔する方法も確立したところだったから。お部屋で告白しようとしてた」

今、侵入って言おうとしたよね？

「それに？」

「すごく残念だったけど、大丈夫。沢山かずぴょんと話せて嬉《うれ》しかったし、それに……」

「私の外見が好みなら、後は中身を好きになってもらえばいいだけだよね？」

「…………っ！」

その時の氷高《ひだか》の笑顔は、恐怖を加味してもとてつもなく魅力的だった。

こんな顔で微笑《ほほえ》まれたら、世界中の男が恋に落ちるんじゃないか？

「赤くなった。じゃあ、まだまだチャンスありだ」

「いや、氷高《ひだか》。その、だな………っ！」

そこで、俺の頬に柔らかな感触が走る。

氷高《ひだか》が、あの氷高命《ひだかみこと》が、俺の頬にキスをしたからだ。

「な、なななな……っ！」

「今日はこれで我慢する。あ、……明日もよろしくね！　……じゃね！」

そう告げると、氷高《ひだか》は真っ赤な顔のまま振り返り、駅へと駆け出していった。

そんな氷高《ひだか》を茫然《ぼうぜん》と眺めながら、俺は思わず呟《つぶや》いてしまった。

「主人公の幼《おさな》馴染《なじみ》が、脇役《モブ》の俺にグイグイくる……」

第三章

追い続ける勇気さえあれば、俺に悲劇が起こります

『俺は、幼馴染《おさななじみ》だけを一途《いちず》に愛する』
主人公：天田照人《あまだてるひと》
メインヒロイン：氷高命《ひだかみこと》
サブヒロイン：いっぱい
親友：月山王子《つきやまおうじ》
盛り上げ用の悪役雑魚脇役《ざこモブ》：石井和希《いしいかずき》

一度目の人生、各自の配役を簡単に紹介するとこんな感じだろう。

悪役雑魚脇役《ざこモブ》の俺は、役目を終えたら文字通りお役御免。まるで、世界から排除されることが望まれているかのような地獄を味わい、人生という舞台から降ろされることになった。

もしも、これが物語だったら俺の顛末《てんまつ》は一行で済まされるだろうな。

女子生徒を脅していた石井《いしい》は、家族を失い自ら命を絶った。

視聴者も、「あいつはどうでもいい」と特に興味を向けることなく、いかに天田《あまだ》が氷高《ひだか》と結ばれるかを期待して物語の行方を見続けるのだろう。

だからこそ、俺は二度目の人生では自らの配役を変更することにした。

ラブコメは好きにやっていい。物語も自由に展開すればいい。だけど、俺を巻き込むな。

一年と半年後に待ち受けている理不尽な断罪イベントを避けるために、完全に役割を与えられない、顔すら描かれないレベルの空気脇役《モブ》になろうとしたんだ。

完全なる空気脇役《モブ》に必要な条件は、主要人物と交流をしないこと。

理想を言えば、天田《あまだ》とは一言たりとも会話をせずに比良坂《ひらさか》高校を卒業できればいいのだが、世の不条理か、俺と天田《あまだ》は出席番号の都合上、強制的に関わらざるを得ない羽目になる。

加えて、二度のクラス替えを経ても俺は常に天田《あまだ》と同じクラス。

まるで、神が俺に天田《あまだ》を引き立て続ける役割を与えたかの如《ごと》く。なので、天田《あまだ》に認知はされても、能動的に交流をしたいと思われないポジションを目指すことにした。

そのために打ち立てた、三本の柱。

・天田《あまだ》とは、必要以上に仲良くならない。

・クラスの連中とは、極力関わらない。

・アルバイトを始めて、ラブコメイベントに巻き込まれないよう常に予定を埋めておく。

ここまですれば、何とかなるだろう。多少ノリの悪い奴《やつ》だと思われるだろうが、その程度で一人の人間が目立つようにならないことは分かっている。

ほら、クラスに一人はいただろ？　なんかいるけど、自主的に関わろうとは思わない奴《やつ》。

そんなポジションに納まろうと思っていたのだが…………アクシデントが発生した。

ラブコメから逃げた先で、別のラブコメが俺を待ち受けていたんだ。

なんと、『俺は、幼馴染《おさななじみ》だけを一途《いちず》に愛する』のメインヒロインであるはずの氷高命《ひだかみこと》が、脇役《モブ》であるはずの俺に告白をした。

しかも、氷高《ひだか》はかなり重度のストー……げふん。アグレッシブな努力家だった。

なぜ、そのような危険な初期装備を俺は手にしてしまっている？

二度目の人生へ辿《たど》り着《つ》く前に、ＤＬＣで何か余計な物を購入してしまったのか？

ともあれ、これは非常に危機的な状況だ。

氷高命《ひだかみこと》という比良坂《ひらさか》高校を代表する美少女に恋をされて、あまつさえ告白までされるというのは、全男子高校生にとっては最上級の奇跡のような出来事だが、それが俺を最下級の悲劇へと導く可能性が非常に高い。どう考えても、空気脇役《モブ》の役割ではないからだ。

しかも、氷高《ひだか》はとにかくモテる。

天田《あまだ》は言わずもがな、イケメンの月山《つきやま》。その他諸々《たもろもろ》の男子諸君。

もし、氷高《ひだか》が俺に対して恋心を抱いていると知られたら、かなりの高確率で俺は迫害の対象となってしまう。一度目の人生で、比良坂《ひらさか》高校にいる連中のドブ川にも劣る下種《げす》な本性を見てきた俺にはよく分かる。あいつらは、嫉妬で何でもやるということを。

俺だけなら、まだいい。けど、父さんや母さん、それにユズが巻き込まれるのはダメだ。

何が何でも、家族のみんなを守ってみせる。

◇　◇　◇

朝。俺が、ＨＲ《ホームルーム》開始ギリギリに登校して、誰とも会話をすることなく自分の席へと腰を下ろすと、僅か一〇秒程遅れて氷高命《ひだかみこと》が教室に入ってくる。

内心で、絶対に声をかけないでくれと祈っていると、その祈りが届いたのか、氷高《ひだか》は俺のことなど一切見もせずにツカツカと自分の席へと腰を下ろした。

直後、担任教師がやってきてＨＲ《ホームルーム》が始まる。

木曜日に入学式、金曜日に健康診断と部活紹介を終え、月曜日の今日からいよいよ授業開始。

一度目の人生では、クラス親睦会を経て結成されたツゴ連の奴《やつ》らとつるみながら、休み時間には「どこの部活入るか決めた？」「そもそも部活とかダルくね？」なんて話をしていた。

無駄な尖《とが》りを見せていた俺達は、部活に入らない自分をかっこいいとか思っていたのだ。

だが、今回の人生では俺はツゴ連に入っていない。

なので、天田《あまだ》は俺以外の二人とツゴ連を結成していると思っていたのだが、

「テル、お前はどこの部活に入るかって決めてる？」

「まだだよ。ツキは？」

「俺は水泳部だな。スクール水着を愛してやまないから」

「それを言って許されるのは、ツキだけだからな……」

HRを終えた後、クラスのイケメンリーダー月山《つきやま》が、天田《あまだ》と気さくに話している。

おかしい……。一度目の人生で天田《あまだ》と月山《つきやま》が親友になるのは、この後に控えるラブコメイベント、中間テストの勉強会を経てからだったはずだ。

にもかかわらず、どうして今回の人生ではすでに二人はここまで仲良くなっている？

「なぁ、石井《いしい》は？」

事態に困惑していると、天田《あまだ》が振り返り尋ねてきた。

「いや、俺は部活には入らないよ。バイトがあるし……」

「あ〜、そういえばそうだったな。ちなみに、バイトはどんな感じだった？」

「まぁ、ボチボチ。あのさ……」

「ん？」

必要以上に天田《あまだ》と仲良くなりたくはない。だが、変化した情報を得ないほうが危険だ。

「どうして、二人はそんなに仲良くなったんだ？」

俺がそう尋ねると、天田《あまだ》と月山《つきやま》はキョトンとした顔で目を合わせた後に、お互いにどこか照れくさそうな笑顔を浮かべた。青春の一ページ過ぎて、軽くイラっとする。

「一昨日《おととい》の親睦会だよ。そこでツキと話したら、なんか気が合っちゃって」

「なっ！　なんかテルって、同じタイプの人間って感じがして話してて楽なんだ」

それはおかしいぞ。前回の親睦会では、天田《あまだ》と月山《つきやま》が交流することなんてなかったはずだ。大人数で行ったから部屋を二つに分けざるを得なくなり、俺と天田《あまだ》は他の脇役男子《モブ》と四人の小部屋でアニソンなんかを歌っていたはずで……。

「えっと、結構大人数でカラオケに行ったと思うんだけど、部屋が分かれたりとか？」

「あれ？　石井《いしい》って、親睦会がカラオケってなんで知ってるんだ？」

まずい。今のは失言だった。天田《あまだ》め、さらっと痛いところを突いてくる。

「ほ、ほら！　親睦会と言えばカラオケかボウリングだろ？　それに、他の奴《やつ》が歌の話をしてたから、カラオケかなって」

「へぇ～。石井《いしい》って、結構鋭いんだな」

いいえ、鈍感です。とある女子生徒の重すぎる恋心に気づかなかった程に。

ひとまず、どうにかごまかせたようだな。あっぶねぇ～……。

そのまま、天田《あまだ》は俺に説明を続けた。

「ただ、別に部屋は分かれてないぞ。少し詰めれば全員で入れる部屋があったんだ。結構ギリギリで、あと一人多かったら部屋を分けてただろうけど」

「ああっ！」

そういうことか。前回の人生では、クラス全員が参加した親睦会も今回は欠席者がいる。

俺と氷高《ひだか》だ。

その結果、一度目の人生とは異なり部屋を二つに分ける必要がなくなって、全員が一つの部屋に入ることになった。おまけで、氷高《ひだか》がいないのであれば月山《つきやま》もアプローチをする相手がいなくなって、手持ち無沙汰。

結果として、天田《あまだ》と月山《つきやま》が仲良くなって、ツゴ連が結成されなくなったのか。

「ぐぬぬぬ……っ！　これは、どうなんだ？　いや、別に害はないが……」

「テル、こいつ何言ってるんだ？」

「さぁ？　俺もまだそこまで仲が良《い》いわけではないし……」

「そうだよな、天田《あまだ》！」

「うわっ！」

おいおい、なんだよ。やばいこと続きかと思ったけど、良《い》いこともあるじゃないか。

まさか、天田《あまだ》の口からそんな素晴らしい発言が聞けるとは。

「俺とお前はそこまで仲良くないもんな！　これからも末永く、そこまで仲良くない関係、近くにいて手持ち無沙汰な時に限り話す程度の関係でいような！」

「それを満面の笑みで告げて、どうして受け入れられると思ったのかを俺は知りたいよ」

しまった。ついテンションが上がって、暴走してしまった。反省しよう。

「気にしないでくれ。それより、天田《あまだ》よ。俺は果てしなく人見知りで、あまり会話をしたことのない相手が近くにいると、とてつもなく緊張してしまうのだ。だから、俺のことは一切合切気にせず、路傍に落ちている犬の糞《ふん》にたかる蝿《はえ》だと思って月山《つきやま》との会話を楽しんでくれ」

「せめて、小石ぐらいにしておけよ……」

ふぃ〜。どうにか情報も収集できたし、天田《あまだ》や月山《つきやま》から『変な奴《やつ》』認定されたのはでかいかもしれんな。人間、未知の存在には近寄りたくなるものだ。

このまま変な奴《やつ》キャラとして、クラスで避けられるのもありかもしれん。

そう思い安堵《あんど》の息を吐《つ》いていると、俺のスマートフォンが振動した。

確認してみると…………一昨日《おととい》、連絡先を交換した女子生徒からメッセージが届いていた。

『とても困ったことになってるんだけど、相談してもいい？』

氷高命《ひだかみこと》である。怖くて、そっちが見れない。

『どうしました？』

『本当はかずぴょんに話しかけたいんだけど、昨日のことを思い出したら恥ずかしくて声をかけられない。でも、我慢するのも辛《つら》い。何とかしたい』

アグレッシブな氷高《ひだか》さんにも、恥じらいという感情があったらしい。

『我慢する方向でいかがでしょうか？』

『私が苦しんでる姿を見ると、かずぴょんは興奮するタイプ？』

『しません』

『でも、今も敬語で余所余所《よそよそ》しく話すことで私を苦しめて喜んでるでしょ？』

『違うわ！　対処に困ってるだけだ！』

『そっか。私のことを考えてくれてたんだ。良き』

どうやら、氷高《ひだか》はかなりのポジティブシンキングらしい。

しかし、これは非常にまずいぞ。氷高《ひだか》に話しかけられなんてしたら、確実に天田《あまだ》や月山《つきやま》が食いついてくる。恐らく、俺と仲良くなろうとしてくるはずだ。

そんな面倒な事態にだけは、絶対になりたくない。

かくなる上は……

『最後まで聞いてほしいんだが、俺は比良坂《ひらさか》高校では氷高《ひだか》と関わりたくない』

『さいごまできくでもはやめにおねがいいまにもなきそう』

変換句読点なし。

恐る恐る氷高《ひだか》の様子を確認すると、スマホを両手で握り締めながら、凄《すさ》まじく悲しそうな顔で机に突っ伏していた。そこまで深刻なダメージを受けるとは……。

『氷高《ひだか》も知ってると思うけど、天田《あまだ》って氷高《ひだか》のことが好きじゃん？』

『知ってる。本当に迷惑。家が近いだけのくせに、幼馴染《おさななじみ》とかいう鬱陶しい称号を押し付けてくる、脳みそシュールストレミング。臭くて臭くて仕方がない』

天田《あまだ》よ、なぜここまで嫌われることになってしまったのだ？

『でだ――』

『理解した。おかげで、悲しみの代わりに怒りが湧いた』

『まだ説明は途中なんだが……』

『私がかずぴょんに話しかけると、あの発酵魚がかずぴょんを利用して、私に話しかけようとしてくるってことでしょ？　そしたら、結果的に私はかずぴょんと話せない。むかつく』

もはや、人類とすら見なされていない天田《あまだ》であった。

『よく分かったな』

『私程のアグレッシブな努力家になれば、この程度は造作もない』

最近のアグレッシブな努力家はすげぇな……。

『でも、それだと困ることがある』

『どうした？』

『かずぴょんに作ってきたお弁当、どうやって渡せばいい？』

おっと、こいつはとんでもない難問だ。グイグイきすぎだよ、氷高《ひだか》さん。

『渡したい。絶対に渡したい』

まぁ、受け取るくらいなら人目を盗んで動けばどうにかなるか。

『あわよくば、確実にあーんをしたい』

あわよくばの意味、知ってる？

『今しがた、学校では関わりたくないと告げたばかりなんだ』

『偶然を装《よそお》うのはどう？　私がかずぴょんの近くで転んでお弁当の中身をぶちまけるの。それをかずぴょんがお口で全部キャッチすれば、私の目的のあーんも果たすことができる』

それは、あーんとして成立しているのだろうか？

ちらりと確認すると、鞄《かばん》から弁当箱を取り出し「いつでもぶちまけられまっせ」と言わんばかりの眼差《まなざ》しをウキウキと向けている。食べ物と努力を粗末に扱うんじゃない。

『我慢することはできないだろうか？』

『私の内で荒れ狂う力を、制御できる自信がない』

これ、恋のお話だよね？

『かずぴょんがキャッチできる自信がないなら、私が予《あらかじ》め口に含んでおくのはどう？　転んだと同時に私とかずぴょんの唇をドッキングさせるの。そのまま、一気にナイスイン』

やめろ、色っぽい所作で唐揚げを口に含むんじゃない。

『俺のファーストキスの味は、唐揚げ以外を所望している』

『こんなこともあろうかと、レモンも用意してきた。ぬかりはない』

肝心な部分がぬかりまくってるんですわ。

『他の手段を模索しよう』

『これぞ、初めての共同作業。……良き』

やばいな……。氷高《ひだか》は、学校では関わりたくないという俺の意志を尊重してくれてはいるが、それと同時に自らの願望も叶《かな》えようとしている。

しかも、その原因が告白を誘発させた俺なのだから、嘆くことしかできない。

どうする？　このままドッキングにまでフェーズが移行したら、確実に俺は殺《や》られる。

何とか、俺と氷高《ひだか》が交流しても問題のない方法は……

『昼じゃなくて、夕方じゃダメか？』

『どういうこと？』

『氷高《ひだか》も、一七時からバイト入ってるだろ？　今日は一五時くらいで学校が終わるし、早めに店に行ってそこで弁当を受け取るんだ。そしたら、目的は達成できないか？』

『………良き』

どうやら、氷高的《ひだかてき》に満足いただける返答ができたようだ。

『二人だけの秘密。こっそりイチャイチャ、夢が広がる。あーんもし放題』

再び氷高《ひだか》を確認すると、いつもの鉄仮面に戻っていたのだが、心なしかウキウキしているようにも見える。ひとまず、納得してもらえてよかった……。

『じゃあ、バイト先で一緒に食べようね。本当は隣を歩いて一緒に行きたいけど、普通に一緒に行くだけで我慢するね』

『普通、とは？』

『いつも通り、こっそりかずぴょんの後ろをついていく』

どうやら、俺と氷高《ひだか》では『普通』の概念が随分と異なるようだ。

これが、国家間の文化の違いというやつだろうか？　同じ国出身なのに、不思議なものだ。

◇◇◇

休み時間。どうにか氷高《ひだか》のオペレーション：ドッキングを阻止することに成功した俺は、束《つか》の間《ま》の平穏を満喫していた。一度目の人生では、この頃は席の近い天田《あまだ》と駄弁《だべ》っていたのだが、今回の人生ではそれは大きく変わっていた。

なぜなら、天田《あまだ》は俺ではなく月山《つきやま》と話しているからだ。

「なぁ、ツキ。今度、ツキの家に行ってもいい？　すげぇ豪邸っぽいし」

「いいけど、別に大したことないぞ？　普通だよ、普通」

ないな。俺は天田《あまだ》から話を聞いたことしかないが、月山《つきやま》の家はとんでもない豪邸らしい。

さらに沖縄《おきなわ》と長野《ながの》にそれぞれ別荘を所有しており、テスト前は月山《つきやま》の家にみんなで集まって勉強会、夏休みは月山《つきやま》の別荘でエメラルドグリーンの海を堪能《たんのう》し、冬休みは月山《つきやま》の別荘その二で楽しくウィンタースポーツ。

ラブコメイベント御用達《ごようたし》の便利キャラとしても、月山《つきやま》は大活躍するのだ。

「普通って、それはツキ基準だろ？　俺達一般人と感性が違うって」

「そうかなぁ。ところで、……お前一人で来るのか？」

あ～。なるほどね、全て理解したわ。

「ん～。一人ってのも……あっ！　そうだ！　なぁ、命《みこと》。一緒に行かないか？」

はい、月山《つきやま》と天田《あまだ》のタッグプレーが決まりましたよとさ。

「行かない」

が、さすがは氷の女帝。あっさりと、天田《あまだ》の誘いを拒否した。

すかさず、月山《つきやま》が追撃の一手を放つ。

「そう言うなよ、氷高《ひだか》。ほら、こないだの親睦会にも氷高《ひだか》は来れなかったんだし、今回は来てくれよ。俺、氷高《ひだか》のこともっとよく知りたいしさ」

「あんたに興味ない」

強い。強いです、氷高《ひだか》さん。イケメン月山《つきやま》のお誘いも問答無用で跳《は》ね除《の》けます。

ここまではっきりと拒絶されてしまうと、さすがの月山《つきやま》もこれ以上は押せないのだろう。

ものすごく顔を引きつらせながらも、必死に笑顔を浮かべようと頑張っている。

「そっかぁ……」

「まぁ、命《みこと》がそこまで嫌なら……あっ！　そうだ！」

その時、天田《あまだ》が何か思いついたのか、上機嫌な笑みを浮かべて俺のところへやってきた。

おい、やめろ。来るな。

お前がこっちに来たことに興味を示して、月山《つきやま》もついてきただろうが。

「なぁ、石井《いしい》。今度、俺と一緒にツキの家に行かないか？」

「え？　俺？　いや、なんで俺なんだよ？」

問いかけると、天田《あまだ》が小声で俺に囁《ささや》いてきた。

「ほら、石井《いしい》ってクラスで仲良《い》い奴《やつ》いないだろ？　けど、ツキと仲良くなっておけば、変に浮いたりもしないだろうからさ。もちろん、俺が仲良くなりたいってのもあるけど」

その善意が憎い！　憎いぞ、天田《あまだ》！　なんで、こいつはこんなにいい奴《やつ》なんだよ！

「有難《ありがた》いけど、俺はバイトがあるから……」

「なら、バイトの予定を空けてくれよ。まだシフトを全部出してるわけじゃないだろ？　例えば、一ヶ月後とかならどうだ？」

やめろ！　そんなに粘るな！　俺なんかを誘ったら……あぁぁぁ！　やっぱりだ！

氷高《ひだか》がこっちを見ながら、『かずぴょんが行くなら、私も行きたい』と瞳で訴えてやがる。

「行かない。俺はバイトのない日は、妹と一緒に過ごしたいから」

「なら、石井《いしい》の家にみんなで行くってのは？」

ひぎぃぃぃ!!　氷高《ひだか》が、それは素晴らしい提案と言わんばかりの瞳になっている！

「絶対に来るな！　俺の家はそんなに広くない！」

「大丈夫だよ。行くのは、三人だけだし」

人数指定もバッチリだな、おい！　ついさっき氷高《ひだか》に断られたばっかりのくせに、ちゃっかりと氷高《ひだか》スペースは確保して提案してきやがるしな！

よ〜し、分かった！　そうまでして巻き込みたいのであれば、俺にだって考えがある。

貴様のお望みのラブコメイベントを、しっかりとプレゼントしてやろうじゃねぇか。

「それだったら、月山《つきやま》の家のほうがいいよ。もっと大人数で行けるだろ？」

「え？　それは、ツキの許可を取ってみないと分からないけど……」

「俺は別に石井《いしい》が来ても構わないし、他に何人か来ても問題ないぞ」

言質《げんち》いただきました。それでは、早速投入させていただきましょう。

「じゃあ、月山《つきやま》の家にしようぜ。ただ、もし俺以外にも行きたい人がいたら、その人に譲ろうと思うんだけど………みんなは、ど、ど、どうだ？」

「「「「「行ぎたいっ‼‼　私も一緒に、月山《つきやま》君の家へ連れてって！！！」」」」」

「どわっ！」「うわぁ！」

クラスの女子の大半が、天田《あまだ》を弾《はじ》き飛《と》ばす勢いで一斉に月山《つきやま》へと群がる。

この時期の月山《つきやま》は、乙女ゲームの攻略対象級にモテているからな。

さっきからお前と天田《あまだ》の会話を、女子達は耳を象にして聞いていたんだ。

ただ、自分から行きたいと言い出すのは、他の女子に睨《にら》まれるから控えていただけ。

全員が導火線がある爆弾だったわけだ。導火線に火を付けたらどうなるか？　ご覧の通りだ。

「月山《つきやま》君、私達も月山《つきやま》君の家に行ってみたい！　すごく広いんでしょ？」

「ねぇ、だったら女子達みんなで行かない？　あ、もちろん、希望者だけね！」

「ねぇ、月山《つきやま》君。一番早くていつが平気？　月山《つきやま》君の予定に合わせるよ！」

女子達は、全員がライバル同士と認識しつつも、抜け駆けをすることの危険性を理解しているからこそ、今回に関しては全員で月山《つきやま》の家に行くというプランを提示している。

私一人で行くんじゃない、チャンスはみんな平等だよという偽りのスポーツマンシップを掲げているわけだ。好きな男とは特別な関係になりたい、だが、それ以上に女子のコミュニティで孤立したくない。それが、あいつらの考えていることなのだろう。

「え、え～っと、まぁ、今度の土日はどっちも空いてるし、どっちかで――」

「「「「どっちも行くね!!」」」」

野生動物は、常に空腹と隣り合わせの生活をしているから、食える時に餌は食うものだ。そこに食べ放題プランを提示したら、全て食らい尽くされるに決まっているだろう。

「天田《あまだ》、行きたい奴《やつ》が大勢いるみたいだから、そっちを優先してくれ」

「あ……。うん、分かったよ……」

当てが外れて残念だったな、天田《あまだ》よ。だが、安心しろ。

月山《つきやま》に群がっている女子の中には、後のお前のヒロインが一人混ざっている。

みんなとの空気を大切にするために、月山《つきやま》を好きなフリをしている女だ。

恐らくだが、みんなで月山《つきやま》の家に行った時、その女は孤立している。

そして、その孤立している女を放っておけなかったお前は、その女の世話を焼き、無事にハーレム要員として確保できるんだ。

本来は一学期後半のイベントだが、これだけ予定が狂っているのだから、早めに始めてしまったとしても問題あるまい。そんなことを考えていると、スマートフォンが振動した。

『私、かずぴょんのお家《うち》に行ってみたい。ご両親に結納《ゆいのう》の日取りを相談したいから』

『結納《ゆいのう》は勘弁して下さい』

『残念……。じゃあ、お家《うち》に行くのは？』

結納《ゆいのう》に関しては断っちゃったし、他にも色々協力してもらってるしなぁ。

『絶対に、誰にもバレないようにしてくれるなら……』

『言質《げんち》ゲット。これぞ、ドアインザフェイス』

や　ら　れ　た。

ドアインザフェイス。初めに「大きな要求」をして相手に断らせた後に、本命に関連する「小さな要求」をすることで、本命の要求を受け入れてもらいやすくするテクニックだ。

この女、本能のままに行動すると思いきや、中々に強《したた》かな面もありよる。

『またしても、二人だけの秘密。……良き』

◇◇◇

二度目の人生が始まってから一週間も経過していないが、俺は一つ大きな違和感を……いや、一つじゃないな。とんでもなく違和感だらけだわ。違和感・オブ・ザ・イヤー受賞だわ。

と、それはさておきだ。

多くの違和感の中でも、特に強い違和感が一つある。

それは、天田照人《あまだてるひと》の行動だ。

氷高《ひだか》に対する迂遠《うえん》なアプローチや、月山《つきやま》と親友同士になった点についてはいい。

前者に関しては一度目の人生と違いはないし、後者に関しては一度目の人生と比べると早い展開ではあるが、原因が明確になっているので違和感はない。

しかしだ。なぜ天田《あまだ》は、月山《つきやま》と親友同士になった後も、俺と仲良くしようとする？

俺の天田《あまだ》に対する態度は、第三者から見るとかなり無礼なものだろう。

友好的な態度で接してきてくれているにもかかわらず、「仲良くなりたくない」と拒絶の意志を示し、できる限り距離を置こうとする。だが、天田《あまだ》は決してめげない。

氷高《ひだか》相手にそうするのは分かるが、俺に対してする理由が分からない。

なにせ、俺は今も昔も変わらず、クラスの脇役《モブ》という立ち位置だからだ。

「なぁ、天田《あまだ》」

「どうした、石井《いしい》？」

天田《あまだ》が本格的に牙をむくのは一年半後で、今の天田《あまだ》が無害な奴《やつ》であることは分かっているのだが、それでもやはり恐れてしまうのは過去のトラウマが強く影響しているのだろう。

「なんで、天田《あまだ》っていちいち俺に絡《から》んでくるんだ？」

「え？」

「出席番号の関係で席が近かったってのは分かるけど、それにしても天田《あまだ》はやけに絡《から》んでくるよな？　月山《つきやま》とも仲良くなったわけだし、別に俺なんか放っておいてもいいだろ」

「あ〜。そうだな……。まぁ、これは俺の性分みたいなものなんだけど……」

どこか照れくさそうに、鼻の頭をポリポリとかきながら天田《あまだ》が答える。

「その、放っておけないんだよな。一人でいようとする奴《やつ》って」

それは、まさに主人公に相応《ふさわ》しい言葉だった。

一度目の人生でラブコメ主人公として君臨していた天田《あまだ》だったが、天田《あまだ》は決して美少女だけを特別扱いするような奴《やつ》ではなかった。男子であろうが女子であろうが、端整であろうが不細工であろうが、困っている奴《やつ》は放っておかないし見捨てない、優しい奴《やつ》なんだよ。

「俺は、望んで一人でいるから放っておいていい」

「嫌だよ。一人でいるより、誰かがそばにいたほうが絶対いいに決まってる」

そう言いながら、天田《あまだ》は手首につけているボロボロのリストバンドを優しく撫《な》でた。

「俺さ、子供の頃にちょっと大きな失敗をしちゃって、それを今でも後悔してるんだ。一人にしたくなかったのに、一人にしちゃった大失敗。だから、その失敗は二度と繰り返さない」

もしかしたら、それが原因で天田《あまだ》は氷高《ひだか》に避けられているのかもな。

そのリストバンドが、子供の頃に氷高《ひだか》からもらった物だとは聞いていたが、天田《あまだ》にそんな過去があったというのは初めて聞いた。

俺にも、少しくらい特別な子供時代の思い出があればよかったんだけどな。

残念ながら、子供の頃はユズの世話ばかり焼いていて、よく公園に連れて行って遊んでいた記憶しかない。そこで、公園に来ていた他の子供と遊んだりはしていたが。

「だから、俺は一人になってる奴《やつ》を絶対放っておかない。たとえそいつが悪かったとしても、俺だけは最後の味方でいる。その、石井《いしい》からしたらうざいかもしれないけど」

「まったくだな。うざいこと、この上ないぞ」

「ははは……。まぁ、そう言うなよ。適当にあしらってくれていいからさ」

この善性が、天田《あまだ》がラブコメ主人公たる所以《ゆえん》なのかもしれないな。

放課後になると同時に、俺は大急ぎでバイト先へと向かった。バイト開始は一七時なので、時間的余裕は全然あるのだが、俺にはその前にこなさなくてはいけないことがある。

氷高《ひだか》の作ってきてくれた弁当を食うという約束だ。

◇　◇　◇

「オープン・ザ・ドア」

「……ウィーマドモワゼル」

「良きっ！」

イートインで隣に座り、箸でつまんだ唐揚げを俺の口内へと運ぶ氷高《ひだか》。

それをかみしめて食べると、すでに冷めているはずの唐揚げには、まだ僅かに熱が残っているような錯覚さえあった。

最初にあーんをされた後に、残りは自分で食べると伝えたのだが、「ここまで待たされた私のフラストレーションはお米一粒一粒にまで染《し》み渡《わた》っている」と拒否されて失敗。

目下、氷高《ひだか》のフラストレーションを食すという未曽有の事態に陥っている。

なお、現在の氷高《ひだか》は三つ編み眼鏡&片言モード。昨日のバイト後は普通に喋《しゃべ》れていたが、それは感情が昂《たかぶ》っていたからだそうで、今は恥ずかしさが勝っているらしい。

氷高《ひだか》の生態は、謎に満《み》ち溢《あふ》れている。

「感想、所望」

「美味《うま》いよ」

「……っ！　しぇ、謝謝《しぇいしぇい》……」

もはや、日本語すら喋《しゃべ》れなくなっている……。

「次、きんぴらごぼう」

嬉《うれ》しそうにきんぴらごぼうを箸でつまみ、俺のほうへと差し出す氷高《ひだか》。

どうして、氷高《ひだか》はここまで俺が好きなのだろう？

理由を聞きたいが、生憎《あいにく》と脇役《モブ》の俺にはそんな度胸がない。

未来で起きることは分かっているくせに、現在では分からないことだらけだ。

氷高《ひだか》の弁当を全て食べ終えたところで、俺達は勤務に就くべく事務所へと向かった。

◇　◇　◇

バイトの時間は、一七時から二二時まで。

時給が高いのは深夜と早朝なのだが、二二時から翌朝五時までの間、高校生はバイトができないし、早朝も平日は学校があるので難しい。

土日に関しても、主婦の方が早朝の枠を押さえているので、俺が入る隙はない。

まぁ、お金を稼ぐことも大事だけど、一番大事なのはバイトの予定を入れて校内の妙なイベントに巻き込まれないことだしいいんだけどな。

そんなことを考えながら、ぼんやりとレジに立つ。

今日は三人体制。俺と氷高《ひだか》、最後に店長だ。本当はバイトを入れたかったそうだが、入れる人がいなかったため店長が入ることに。シフトを組むのも大変だ。

ただ、店長には店長業務もあるため、忙しくなるまでは事務所に籠もっている。

氷高《ひだか》はウォークイン……飲み物を入れている巨大冷蔵庫とでも言えばいいのか？ まぁ、そのウォークインで飲み物の補充をしている。

氷高《ひだか》がレジにいないと、男性客も普通の客になるし……入り口の自動ドアが開いた。

「いらっしゃ……うげぇ！」

「あっ！ やっと見つけたよ！」

「へぇ～。本当に働いてるんだな」

店内の体感温度が、ウォークインを遥《はる》かに下回る温度へと急降下。

いや、ちょっと待ってくれよ！ なんで、こいつらがここに来てるんだ⁉

確かに、俺は地元のコンビニでアルバイトをしていると伝えはしていた。

だが、どこのコンビニで働いているかは伝えていなかったはずだ！

なのに、なぜ……なぜ……

「よう！　石井《いしい》！」

天田照人《あまだてるひと》と月山王子《つきやまおうじ》が、俺の働いている店にやってくる⁉

まずい……。これは、非常にまずいぞ……。

不幸中の幸いか、氷高《ひだか》はレジと反対方向にあるウォークインで補充をしている。

だから、まだこの二人にここで氷高《ひだか》も働いていることはバレていない。

しかし、このままではバレるのは時間の問題だ。どうする？　どうすれば、隠し通せる⁉

「いやぁ、やっと見つけたよぉ。結構、色んなコンビニを巡《まわ》ったんだからなぁ」

こやつ、ローラー作戦を実行しておるわ。

マジ、ほんとなんなの⁉　俺なんか放っておけって言ったよな！

わざわざ自分の地元から電車で三〇分もある場所にまで、探しに来てんじゃねぇよ！

「い、いらっしゃい、ませ……」

「おう。いらっしゃいました」

その笑顔、今すぐ張り倒したい。

ここまで俺を苦しめるとは、実は俺に恨みでもあるんじゃないのか？

出てくるなよ、氷高《ひだか》。頼むから、出てこないでくれよ。

はい！　出てきましたぁ！　ちょうど補充が終わった模様です！

だが、さすがは氷高《ひだか》だ。即座に天田《あまだ》と月山《つきやま》の存在に気がつき、一瞬目を見開いたものの、今はそのまま背後からゴミを見るような目で二人を睨《にら》みつけている。

落ち着くんだ。最悪の事態にはまだ至っていない。

最悪なのは、氷高《ひだか》もここで働いていることを知られることだ。

そうなった場合、恐らく天田《あまだ》や月山《つきやま》は毎日のように店にやってくる。さらに悪化した場合は、自分もこのコンビニでアルバイトをしようと目論《もくろ》むはずだ。

部活に入っている月山《つきやま》と違い、天田《あまだ》は帰宅部。時間はたっぷりある。

「どうしたんだよ、石井《いしい》？　随分と汗をかいてるみたいだけど？」

「お、お客様……。他のお客様もいらっしゃるので……」

「え？　今って、俺達以外に客いなくね？」

そうなんだよなぁ！　普通は少しくらい客がいるはずなのに、こういう時に限って誰もいないでやんの！　これじゃあ、忙しいからさっさと帰れが言えないじゃないか！

それに、氷高《ひだか》だっていつまでも背後で隠れているわけにはいかない。今は勤務中なんだ。

どうしたら……ん？　氷高《ひだか》が何か閃《ひらめ》いたような顔をして俺を見ているぞ。

「…………にゅ」

しゃくれさせている！　あの女、顎をしゃくらせることで正体を隠すつもりだ！

無茶をするな。お前は、どんなに頑張っても美人なんだ。確実にごまかせない。

「それでいけるわけがないだろっ！」

「え？　何が？」

しまった。つい、アントニオ氷高《ひだか》に目を奪われて、我慢できずにツッコんでしまった。

正面にいる、天田《あまだ》と月山《つきやま》が怪訝《けげん》な顔をしている。

ただ、その甲斐《かい》があってか、しゃくれ氷高《ひだか》は再びウォークインへと下がっていった。

「なぁ、石井《いしい》。わざわざテルが来てくれたのに、その態度はひどくないか？」

「申し訳ないが、俺は勤務中に学校の知り合いが来るのは嫌なタイプだ。月山《つきやま》よ、排便中に誰かが来たら嫌なものだろう？　そういうことだ」

「お前、どんだけこのバイトが嫌なわけ⁉」

違う。お前達が来たことが嫌なんだ。大体、月山《つきやま》はいらんだろ、月山《つきやま》は。

再《ふたた》び、ウォークイン側の扉が開き氷高《ひだか》が現《あら》われ……あの子、何やってんの？

現《あら》われた氷高《ひだか》は、店の倉庫の奥で眠っていたパーティグッズを装着していて、頭部には非常にカラフルなアフロ、顔には鼻眼鏡。ハッピー仕様である。

そんな格好でドヤ顔を向けられても、俺にはどうしようもない。

仮に外見をごまかしたところで、胸にしっかりと名札がついているんだから無理だ。

それを伝えるために、俺は自らの胸を力強く叩《たた》いた。

「なんで、いきなり心臓を捧《ささ》げ始《はじ》めてんだ？」

黙れ、天田《あまだ》。今すぐ駆逐するぞ。こっちだって、やりたくてやってんじゃない。

よし。俺のメッセージは伝わったようで、ハッピー氷高《ひだか》は再び引っ込んでいった。

「と、とりあえずだな、天田《あまだ》、月山《つきやま》。俺は勤務中なんだ。だから、あんまり知り合いと話すってのはしたくない。それくらい、分かってくれよ？」

「ん～。まぁ、そっか……。じゃあ、何か買ってくるよ！　ツキ、行こうぜ」

「だな。ほんと、変な奴《やつ》……」

ひとまず、レジの前からは去っていったが、それで問題が解決するわけじゃない。

あと三〇分もすれば、お菓子やカップラーメンが段ボールで届き、それを棚に並べる作業がある。いくら店長もいるとはいえ、氷高《ひだか》をいつまでも裏に封印しておくわけにはいかない。

頼むぞ、天田《あまだ》。さっさと商品を買って帰ってくれ。

天田《あまだ》と月山《つきやま》が選んだ商品は、カップラーメン。それをレジに置いた。

カップラーメン、だと？

「これ、頼むよ。あと、肉まんな」

「俺は、唐揚げ棒で」

「かしこまり、ました……。**袋は、いかがいたしますか？**」

いるよな？　持ち帰り用の袋は欠かせないよな!?

「あ～。いらない。ここで、食ってくし」

コンビニはレストランじゃねぇんだぞ！　大人しく家に持ち帰って食えや！

こやつら、イートインで食事をしてから帰るつもりだ！　なんという迷惑行為！

再び、ウォークインから出てきた氷高《ひだか》が、天田《あまだ》と月山《つきやま》がカップラーメンを購入しているのを確認して、「もう覚悟を決めよう」みたいな顔をしてしまっているじゃないか。

くそ！　かくなる上は……俺は、レジの裏側の扉から事務所へと駆け込んだ。

「店長、緊急事態です！」

「へ？　どうしたの？」

「客が来ました！　今すぐ追い出したいです！」

「バイトにあるまじき発言だね……。その、どんな人？」

「俺と同じクラスの奴《やつ》なんですが、俺がちゃんと働けているか心配して、この周辺のコンビニを一つずつ巡《まわ》ってわざわざ探しに来てくれる、悪質極まりない輩《やから》なんです！」

「それは、良質極まりない友達じゃないの？」

言われてみると、否定の材料がない。

くそっ！　なんて説明したらいいんだ。天田《あまだ》のラブコメと店長は無関係なんだ。

いくら、氷高《ひだか》を好きな奴《やつ》が来店していると伝えても、「それで？」で終わりだろう。

「その、いい奴《やつ》かもしれないんですけど、氷高《ひだか》が――」

「オッケー。全て理解した」

「へ？」

店長はすくっと立ち上がり、ツカツカと事務所から出る。そのままウォークインへと向かい氷高《ひだか》と何か会話をすると、再び俺のいるレジのところまで戻ってきた。

「命《みこと》ちゃんには、ジャンパーを渡してしばらくウォークインにいていいって伝えておいたよ。商品が届いたら、私がレジをやるから石井《いしい》君は商品棚への陳列をお願い。入りきらないやつは、裏の命《みこと》ちゃんが対応。これでいい？」

「その、どうしてそこまで？」

「命《みこと》ちゃんは学校でモテる。そして、そんな命《みこと》ちゃんと同じバイトだと知られると、石井《いしい》君が面倒な立場になっちゃうんだよね？　任せなさい、私はバイトの味方よ」

神　降　臨。

「店長、末代まで称《たた》えます！」

「それは怖いからやめて。あと、バイトが終わったら命《みこと》ちゃんのフォローをしてあげてね。自分のせいで、石井《いしい》君に迷惑をかけたと思って落ち込んでたから」

「え？　はい！　分かりました！」

それから、天田《あまだ》と月山《つきやま》がカップラーメンを食べつつ談笑しているのを横目に、俺は黙々と商品の陳列や、レジの応援をしていた。

客が減ったタイミングで再び商品の陳列を始めると、天田《あまだ》と月山《つきやま》が寄ってきた。

「石井《いしい》、頑張ってるな」

「……………」

「えっと、怒ってる？」

「かなり」

「悪かったよ……。ただ、石井《いしい》と仲良くなれるきっかけになったらって……」

「だとしても、度を越えてる。イートインの利用は三〇分までだ。そもそも、俺はバイト中なんだ。いい加減、鬱陶しいからさっさと帰れ」

「うっ！　ごめん……」

「おい、石井《いしい》。そこまで言うことはないだろ。テルはお前のために——」

「俺のためを思ってるなら、バイトの邪魔をするな」

少し語気を強めて言うと、さすがの月山《つきやま》も俺の怒りを感じ取ったのか、それ以上は何も言わなくなった。たとえ、俺と仲良くなりたかろうが、周りに迷惑をかけるのは論外だ。

こいつらは、イートインの利用時間を無視して滞在しているし、しつこく話しかけられたら、作業の手だって止まる。

「ごめん、石井《いしい》。俺達、そろそろ帰るな……」

そう告げる天田《あまだ》に一切の返事をせず、俺は黙々と仕事を続けた。

月山《つきやま》は、まだ文句がありそうな顔をしていたが、知ったことか。

◇◇◇

バイトを終えた後、二人で店を出たのだが、氷高《ひだか》はひどく沈んだ表情を浮かべていた。

「……ごめんなさい」

そのまま謝罪。隣ではなく、少し後ろを氷高《ひだか》は歩いているのでその表情は見えない。

「私がいなければ、かずぴょんに迷惑かけなかった。お店にも……ごめんなさい」

氷高《ひだか》がこのコンビニで働いていなければ、天田《あまだ》や月山《つきやま》が押しかけてきたとしても、俺はあそこまで慌てることはなかっただろう。加えて、店に迷惑をかけることもなかった。

けど、別に氷高《ひだか》が何か悪いことをしたわけでもない。完全に、俺の個人的な事情だ。

もしも、これが一度目の人生であったのなら、俺は氷高《ひだか》が同じコンビニで働いていることなんて隠しもせず、鼻高々で天田《あまだ》に自慢をしていただろう。

俺、あの氷高命《ひだかみこと》と同じバイト先なんだぜ、ってな。

「悪いのは俺だよ」

「え？」

「俺が氷高《ひだか》と同じバイト先だって知られるのが嫌なだけだからさ。氷高《ひだか》は、そんな俺の都合に巻き込まれただけじゃないか。だから、氷高《ひだか》は気にする必要はない」

「でも、私があんなのと幼馴染《おさななじみ》だから……」

あんなの、か。幼馴染《おさななじみ》に対して特別な感情を抱いているべきだとは思わないが、ここまで嫌うというのも少し変な話だよな。

「氷高《ひだか》は、どうしてそこまで天田《あまだ》が嫌いなんだ？」

「………」

振り返ると、氷高《ひだか》はどこか恐怖を滲《にじ》ませた表情を浮かべていた。

天田《あまだ》の話からするに、子供の頃は仲が良かったみたいだし、ここまで嫌うのには何か事情があるのではないかと思って聞いてみたのだが、まずかっただろうか？

「子供の時、あいつは私の大事な物を盗《と》った。だから、嫌い。それに……怖い……」

「大事な物？」

「うん。私の宝物」

それは、俺の知らない天田《あまだ》と氷高《ひだか》だけの物語なのだろう。

もしかしたら、天田《あまだ》は氷高《ひだか》のことがその頃から大好きで、気を引くためにそんなことをしたのかもしれない。好きな子にいじわるをするってやつだ。

だけど、それは氷高《ひだか》にとっては非常に大きなことで……不安そうな声で氷高《ひだか》が俺に尋ねた。

「かずぴょんは、あいつをどう思ってる？」

「クソがつくくらいのいい奴《やつ》」

これから先に起こることを考えると、天田《あまだ》は俺にとって最悪な存在だが、それを抜きにしてあいつの人格を見た時、決して悪い奴《やつ》ではないんだ。

一人でいようとする俺を放っておかず、友達でいようとしてくれる。

これから先に出会うヒロイン達にも、親身になって友好的に接する。

そんな裏表のない優しさにヒロイン達は惹《ひ》かれていって……そして、暴走してしまった。

「私、あいつと仲良くしたほうが良《い》い？」

「え？」

「かずぴょんがそうしろって言うなら、そうする……」

天田《あまだ》と氷高《ひだか》が仲良くする、か。

当初は、二人が主人公とメインヒロインだと思っていたから、本来は時間をかけて結ばれるはずだった二人に介入して、さっさとエンディングまで持ち込もうとしていた。

そうすれば、俺に襲い掛かるであろう最悪の未来を防げると思ったからだ。

だけど、今の俺は……

「別に、そうは思わない」

「……いいの？」

「なんで？」

「私とあいつが仲良くなれば、かずぴょんは何も隠さなくてよくなるよ」

まぁ、そうだろうな。

でも、天田《あまだ》が俺に構ってくるのはそれだけが理由じゃない。

一人でいる俺を放っておけないという、生来の善性からだ。

だとしたら、氷高《ひだか》と天田《あまだ》が仮に仲良くなったとしても、本質的な解決には繋《つな》がらない。

それに……

「氷高《ひだか》が仲良くなりたくないなら、しなくていいよ」

自分が望まないことを無理矢理やらされることがどれだけ辛《つら》いか、俺なりに理解しているつもりだ。一度目の人生で冤罪《えんざい》による断罪が行われた後、俺は凄惨ないじめを受けた。嫌がらせや暴力。許してほしかったらあの店で万引きでもしてこいと、やりたくない窃盗にも手を染めたことがあった。そして、当然のように捕まって、その様子を見てあいつらは笑っていた。今でも、あの汚らしい笑顔は忘れていない。

学校の奴《やつ》らは、全員敵だった。

今でも……いや、今だからこそ、思い出すと腸《はらわた》が煮えくり返ってくる。

だけど、氷高《ひだか》は違ったんだ。一度目の人生でも、氷高《ひだか》だけは何もしなかった。

それに、俺が死のうとした時、屋上まで駆けつけてくれた。

何のためにやってきたかは分からないが、それでも来てくれたことは嬉《うれ》しかったんだ。

「私、まだここで働いていい？」

不安そうに震えながら俺を見つめる眼差《まなざ》し。

氷の女帝と呼ばれる面影はどこにもなく、年相応の弱気な女の子にしか見えなかった。

「それを決めるのは、俺じゃなくて店長だろ」

「かずぴょんが決めて」

「働いていい。天田《あまだ》にバレても働いてていい」

自分の立場を悪くしていることは、分かっている。

俺にとって、最も重要なことは家族全員が巻き込まれる、あの最悪の未来を避けることだ。

それでも、今の氷高《ひだか》を拒絶するのは何か違う気がした。

「じゃあ、続ける」

ようやく安心してくれたのか、氷高《ひだか》が一歩前に足を踏み出して隣に並んできた。

俺は男子の中でも身長が低いほうなんだが、それでも僅かに氷高《ひだか》よりは高かった。

「手、繋《つな》いでもいい？」

「…………駅までなら」

「ん」

初めて触れた氷の女帝の手は、想像していたよりもずっと小さくて……温かかった。

第四章

不幸を呪うくらいなら、
怒りに灯をともしましょう

天田《あまだ》と月山《つきやま》が俺のバイト先にやってきた月曜日から、一〇日後の木曜日。

それまでの間、俺は入学当初とは比べ物にならない程に平穏な日々を過ごせていた。

なんと、天田《あまだ》が俺に絡《から》む頻度が急激に落ちたのだ。時折、絡《から》んでくる時もあるのだが、俺が嫌悪感《けんおかん》を示すと大人しく引き下がる。

おや？　序盤がハードモードだっただけで、ここからはイージーモードに突入か？

来週の月曜日には席替えが行われて席も離れられるし、かなり良《い》い調子なんじゃないか──

なんて希望を抱いていた矢先……俺にとって、最悪の事態が発生した。

「おはようございます、テルさん」

「おっす、テル！」

「テル君、おはよ……」

「おはよう。ヒメ、モーカ、コロ」

「…………なんですと？」

朝、俺が普段よりも五分程早く登校した一年C組の教室で、天田《あまだ》の席に集う三人の美少女。

常に丁寧な物言いのB組の射場光姫《いばこうき》、A組の男勝りな牛巻風花《うしまきふうか》、俺達《C組》のクラスの引っ込み思案な蟹江心《かにえこころ》。三人ともどこか浮ついた様子で、天田《あまだ》に対して特別な感情を抱いていることは、誰が見ても明らかだった。

待ってくれ。いや、ちょっと待ってくれ。

通称『スリースターズ』。苗字《みょうじ》に星座の漢字を含むこいつらは、一度目の人生でも早々に天《あま》田《だ》ハーレムへ参入したヒロインだった。

しかしだ、それは決して入学式から二週間で全員がハーレムに加入するという意味ではない。最初に恋をする女ですら、一学期の中間テスト明け。まだ中間テストはひと月も先なのに三人そろって天田《あまだ》へ恋に落ちるなんてことは、まかり間違ってもならなかったはずだ。

「テルさん。あと一ヶ月程で中間テストですが、勉強のほうは大丈夫ですか？」

「あ〜。結構やばいかも。でも、モーカよりはましかなぁ？」

「なんで、あたしが勉強できない前提なんだよ！　コロに教わるから、問題なし！」

「それ、私に問題がある……」

その姿を俺に見せるな。その声を俺に聞かせるな。

天田《あまだ》の真後ろが俺の席である以上、叶《かな》わない願いであることは分かっている。

それでも、願わずにはいられない。

落ち着け……。一度目の人生で、スリースターズも、他のヒロイン達も天田《あまだ》を訪ねてきた際に俺に話しかけてきたことなんて一度もなかったじゃないか。

だから、大丈夫だ。何も心配なんて——

「貴方《あなた》が、石井《いしい》和希《かずき》さんですね」

全身の血液が、沸騰して全て蒸発したかと思った。

本当に、この世界は俺にとって不都合にできてやがる。

「射場《いば》光姫《こうき》と申します。以後、お見知りおきを」

「ああ。よ、よく知って、い、いるよ」

「……？　そうですか」

一瞬だけ怪訝《けげん》な表情を浮かべるも、すぐに冷静な表情へと切り替える射場《いば》光姫《こうき》。

俺は自分の右手首を左手で押さえて、懸命に怒りと恐怖を抑えつける。

こいつだ。射場《いば》光姫《こうき》こそが、一度目の人生で俺を破滅へと陥《おとしい》れた悪魔だ。

自分を悲劇のヒロインとして演出して天田《あまだ》の気を引くためだけに俺の……父さんや母さん、
そしてユズの人生をぶち壊した最低最悪のクズ女だ。

「少々お伺いしたいことがあるのですが、よろしいでしょうか？」

上品な笑みを浮かべているが、俺は決して騙《だま》されない、決して忘れない。

あの時、俺を陥《おとしい》れた時に浮かべていた歪《いびつ》で気味の悪い笑みを。

「なん、でしょうか？」

「テルさんのことです」

「天田《あまだ》？」

「貴方《あなた》は、テルさんのことを避けていらっしゃるのですよね？」

その言葉で、一度目の人生で天田《あまだ》がいる前では決して話しかけてこなかった射場《いば》が、わざわざこうして声をかけてきた理由を瞬時に理解した。

これは、一度目の人生でも頻繁に起きていた『天田《あまだ》の弱音にヒロインが力を貸す』だ。

天田《あまだ》は、いざという時はかっこいいのだが、それ以外の時は比較的情けない奴《やつ》だ。

だから、自分が解決したくてもできない事柄に関して、よく弱音を漏らす。

そして、その弱音を聞いたヒロインが、天田《あまだ》のために行動を起こすんだ。

今回の場合は、「俺と仲良くしたいのに、仲良くできない」と弱音を吐いたのだろう。

「それで、テルさんがどれだけ傷ついているか、ご理解いただけているのでしょうか？」

「傷つけ、るつもりは、ない。ただ、俺は一人でいる、のが、好き、なんだよ……」

緊張で上手《うま》く喋《しゃべ》れない。しかし、そんな俺の事情など射場《いば》はお構いなしだ。

「そのような貴方《あなた》の下らない我儘《わがまま》で、テルさんが傷ついているのです」

なんだよ、それ。俺が一人でいたいと思うのは、俺の自由だろ。

なんで、天田《あまだ》の都合を優先しないといけないんだ。

そう言ってやりたいが、恐怖で何も言えなくなる。

マジで情けねぇな。俺……。

「ねぇ、うるさいんだけど?」

「え?」

その時、俺と射場《いば》の会話に割り込んできた奴《やつ》がいた。氷の女帝、氷高命《ひだかみこと》だ。

「あっ! 命《みこと》!」

氷高《ひだか》が近づいてきたことで、天田《あまだ》が明るい笑みを浮かべる。だが、氷高《ひだか》の表情は正反対。さながら、凍《い》てつく吹雪のような冷たい眼差《まなざ》しで射場《いば》を睨《にら》みつけている。

「……貴女《あなた》には関係ないと思うのですが」

言葉は強気ながらも、態度は弱気。

射場《いば》はよく知っているからだ。天田《あまだ》が、氷高《ひだか》に対して恋心を抱いていることを。

想《おも》い人《びと》の想《おも》い人《びと》に対して悪態をつくのは、自分の立場を悪くする。

だから、射場《いば》は氷高《ひだか》に対して強く言い返すことができない。これも一度目の人生と同じだ。

「だったら、私に聞こえないところでやって。うるさくて、迷惑」

「ごめんなさい……」

ふと、思い出したのは、一度目の人生で俺が他のヒロインから責められていた時のことだ。

いつだって、こうして氷高《ひだか》が必ず駆けつけてくれていた。

あの時は、本当にうるさいのが煩わしくて文句を言いに来ていると思っていたが……

「そろそろ、HRの時間。他のクラスの人は帰って」

ハッキリと告げられた氷高《ひだか》の言葉に、射場《いば》が苦い表情を浮かべる。

「石井《いしい》さん、できればテルさんと仲良くして下さいね」

最後にそれだけ言うと、射場《いば》は淡々とした表情へと切り替えて教室から去っていった。

それに、同じく別クラスの牛巻《うしまき》も続いていく。

「ごめんな、命《みこと》。ヒメが迷惑をかけちゃって。でも、ヒメはすげぇいい奴《やつ》だから……」

「興味ない」

「……ごめん……」

端的にそれだけ言うと、氷高《ひだか》は自分の席へとツカツカと向かっていった。

二度目の人生になって、初めて気がつくことができた。

氷高《ひだか》は、ずっと俺を守ってくれていたんだ。天田《あまだ》に言い寄られて、周囲のヒロインからは自分自身も色々と口さがなく言われていたにもかかわらず、俺を守ってくれていたんだ。

だけど、自暴自棄になっていた俺はそんな氷高《ひだか》の優しさに気づかなくて……。

スマートフォンを取り出し、メッセージを送る。送り先はもちろん、氷高命《ひだかみこと》だ。

『ありがとう』

『どういたしまして』

氷高《ひだか》からのメッセージを確認した直後、担任がやってきてHRが始まった。

◇◇◇

「ごめん、石井《いしい》！　いきなり、あんなこと言われて困ったよな！」

HRが終わると同時に、天田《あまだ》は振り返って両手をパンと合わせた。

今さら謝るんかい。そう思ってるなら最初から止めろよ。すぐそばにいただろうが。

そんな情けないクレームを心の中だけで入れておく。

「ヒメも悪気はなかったんだ！　ただ、俺を心配してくれてるだけで……」

「いや、別にいいんだけど……ちょっと、聞いてもいいか？」

「どうしたんだ？」

ハッキリ言って、俺の状況は非常によろしくない。

あの最悪の断罪イベントは発生していないが、引き起こすヒロインである射場《いば》が本来よりもかなり早く登場してしまった。もちろん、射場《いば》が俺を陥れる《おとしい》のはまだまだ先の話ではあるが、それが俺の安全を保証するとは限らない。

なにせ、二度目の人生は、様々なイベントの発生が異常な程早いのだ。

さらに厄介なことに、一度目の人生では俺にまるで興味を示さなかった射場《いば》が、二度目の人生に於《お》いては明確な敵意を示している。由々しき事態だ。

今朝、射場《いば》から責められたことで、俺のクラス内での立場は明らかに悪化している。

天田《あまだ》のヒロインは、例外なく校内の人気者。

ヒロインが正義で、ヒロインが嫌う奴《やつ》が悪となる。さらに言えば、射場《いば》はその中でも特に悪質な存在だ。まず、あいつは後に生徒会長になれる程に求心力がある。

要するに、射場《いば》は人気者揃《ぞろ》いのヒロイン達の中でもトップクラスの人気者。

その上、あいつは自分の人気を自覚している。

自分が黒と言えば、白い物でも黒くできることを理解したうえで行動してくるんだ。

このまま射場《いば》や他のヒロイン達に責められ続けたら、俺は校内で最悪の……それこそ一度目の人生と同じ、「何をしてもいい存在」、「苦しめてもいい存在」となってしまう。

だからこそ、情報収集は欠かさない。

「どうして、あの三人と仲良くなったんだ。まだ入学してあんまり経《た》ってないだろ？」

射場《いば》は勉強が得意で、月山《つきやま》と同じ中学出身。

中学時代、同じく勉強が得意な月山《つきやま》からライバル視されていたが、実は極度のあがり症で中間、期末テストではあまりいい成績が出せずにいた。それを月山《つきやま》が自分に気を遣って射場《いば》が手を抜いたと誤解し仲違《なかたが》いをしていた。

そして、自らのあがり症を克服するために、図書室で緊張しないための本を読《よ》み漁《あさ》っていたところ天田《あまだ》と出会い、二人で訓練を行ってあがり症を克服したことで月山《つきやま》との誤解が解け、ついでに天田《あまだ》へ恋心を宿す。

牛巻《うしまき》は陸上部で思うような結果が出せず思い悩み、部活を休んで自主練をしていたところにたまたま天田《あまだ》が通りかかって、秘密の共有だと二人で練習をするようになり、最終的に天田《あまだ》のアドバイスでスランプを克服して恋心を宿す。

蟹江《かにえ》は、引っ込み思案でいつも周りに流される自分に悩んでいて、うちのクラスの女子ほぼ全員で月山《つきやま》の家に遊びに行った時、輪に入れなかったところを天田《あまだ》が見かねて声をかけたことで天田《あまだ》を通じて友達ができて、天田《あまだ》に恋心を宿す。

このように、いくら天田《あまだ》が最終的にはとんでもない数のヒロインを攻略するとしても、一人一人にはそれなりの期間が必要で、断じて二週間で解決できるようなことではないはずだ。

唯一、理解できるのは同じクラスの蟹江《かにえ》だけ。

先週の月曜日に、俺が月山《つきやま》の家に行くのを断る代わりに、クラスの女子達が土日で月山《つきやま》の家に行ったはずだからな。恐らく、その時に蟹江《かにえ》イベントをクリアしたのだろう。

だが、他の二人は違う。いったい、どうしてこんなに早く……。

「あ〜、えっとな……なんか変な縁があって……」

「もう少し詳しく聞いてもいいか？」

「まぁ、いいけど……」

訝《いぶか》し気《げ》な表情を浮かべながらも、あっさりとヒロイン達との恋愛模様を説明しようとしてくれているのは、天田《あまだ》にとってはこれが恋愛イベントではなく友情イベントだからだ。

一度目の人生の時も、俺はこうやって天田《あまだ》から恋愛イベントの詳細を聞き出していた。

「えっと、最初に仲良くなったのはモーカなんだよ」

モーカ……牛巻《うしまき》のことだ。

牛巻風花だから、牛の鳴き声と名前の最後の「か」を合わせてモーカ。ややこしいあだ名だ。

「先週の月曜日にお前のバイト先に行ったろ？　あの日に慌てて学校を出たから忘れ物をして取りに戻ったんだ。結構遅かったけど、まだ開いてるかなって。そしたら、途中で自主練してるモーカを偶然見ちゃってさ。口止めついでに練習に付き合わされて仲良くなったんだ。あ、今はもう一緒に練習してないぞ。モーカはスランプを抜けたって部活に戻ってるからさ」

まさかの、俺がバイトをしたせいだった……。

いや、にしても攻略速度が尋常じゃねぇだろ。たった一週間で攻略したんか。

「次に仲良くなったのは、コロだな」

はいはい、蟹江《かにえ》さんね。下の名前が『心《こころ》』だから略してコロ。

「こないだの土日に、俺とクラスの女子達でツキの家に遊びに行ったんだ。ツキの家ってすごい豪邸でさ、みんなで遊んでたんだけど、コロだけはみんなの輪に入れずに浮いてたから放っておけなくて……そしたら、仲良くなれたんだ」

予想通り――っていうか、これも俺の行動が原因だな……。

自分が行きたくないからと、あえて女子達が月山《つきやま》の家に行きたがるように誘導してしまったが故に、蟹江《かにえ》と天田《あまだ》のラブコメイベントが早まった。

「で、最後がヒメだ」

来ましたよ……。俺にとって最悪の、性根が腐り乱れたドブカスヘドロ女、射場光姫《いばこうき》。

これに、俺の行動は関係ないだろ。絶対に、俺が原因じゃないはずだ。

「ちょうど今週の月曜日かな。放課後に図書室に行ったんだよ。その、こういうのを言うのは恥ずかしいんだけど、石井《いしい》みたいなタイプの奴《やつ》と仲良くなるためにはどうしたらいいか、そういう本とかないかなって探しに行って……。そしたら、本を読みながら『次は緊張しないように、次は緊張しないように』って呟《つぶや》いてるヒメがいてさ。何だか気になって声をかけたら、あがり症で困ってるって言ってたから……」

ずぇぇぇぇぇぇんぶ、俺のせいでしたぁ！

マジ、なんなの⁉ なんで二度目の人生なのに、弱くてニューゲームになってるわけ⁉

天田《あまだ》を避けるとラブコメが早まる呪いにでも、俺はかかっとるんか？

「へ、へぇ……」

完全に油断していた。先週の月曜日から、何もアクションがないので大人しいなと思っていたら、まさか俺のあずかり知らぬところでラブコメを展開していたとは……。

いや、一度目の人生の時もそうだったじゃないか。

なぜか、天田《あまだ》がラブコメを展開している時だけ、俺は完全に蚊帳《かや》の外になる。

そして、唐突に結果だけ見せられて、事後報告を聞くんだ。

くそっ！　もっと早く気づいていれば……っ！

「本当にごめんな。俺からも、あいつらにはちゃんと言っておくからさ」

それ、無駄なんよ。あいつら、自律起動型ラブコメヒロインなんよ。しかも、謎の自己犠牲の塊だから、天田《あまだ》のためならどんな汚いことにでも手を染めるトチ狂った連中なんよ。

どうしたものかと考えていると、スマートフォンが振動した。氷高《ひだか》だ。

『かずぴょんが困ってるなら、私が何とかしてみようか？』

『そこまでしなくていいよ。これは俺の問題だし』

『でも、かずぴょんが困ってる。放っておけない。それに……』

『それに？』

『助けたら、かずぴょんの好感度が稼げる。さっきのありがとう、とても良きっ！』

自分本位な気持ちを隠さなくて、逆に好印象だよ、氷高《ひだか》さん。

でも、それを俺本人に伝えたら、好感度が下がるとは考えなかったのかな？

『絶対に何もしなくていいです』

『……解《げ》せぬ』

ひとまず、本格的にヒロイン達への対策を考えたほうが良さそうだな。

このままだと、俺の立場はどこまでも悪化していく。

そうなったら、再び俺の家族が……そんなことになってたまるかよ。

◇　◇　◇

不幸が一つ起こると、連鎖して次々と不幸が襲い掛かる。

まるでドミノ倒しのような現象が起きているのが、今の俺の状況と言ってもいいだろう。

「石井《いしい》、お前はテルに対する態度を変えろ」

昼休み。教室にいたくなかったので学食へ向かおうとしたら、月山《つきやま》が追ってきた。

その隣には、かつて誤解で月山《つきやま》と仲違《なかたが》いをしたはずの射場《いば》もいる。

「それって、天田《あまだ》と仲良くしろってことか？」

「ああ。テルはいい奴《やつ》だ。俺が保証する」

「私も同じ意見です」

自分の正義を信じて疑わない眼差《まなざ》しで、月山《つきやま》がそう言った。射場《いば》も同調する。

衆目の下、もう一人の人気者、月山《つきやま》も加えて俺の立場を悪くしたいわけか。クソ女が。

天田《あまだ》がいい奴《やつ》なのは分かっている。だけど、周りの連中は全員クズだ。

「どうして、俺なんだ？　他にもクラスで天田《あまだ》とそこまで仲良くない奴《やつ》はいるだろ？」

「テルさんが、貴方《あなた》を気にかけているからですよ。気づいてないとは言わせませんよ」

月山《つきやま》に問いかけた質問に、射場《いば》が答えたことに苛立《いらだ》ちが募る。

お前だけは、絶対に許さない。たとえ、今のお前が何もしていないとしてもだ。

「天田《あまだ》が俺を気にかけてるのは、俺が一人でいるからだろ。なら、他の奴《やつ》と仲良くするよ」

「どうして、そこまでテルさんを避けるのですか？」

「今日、初めて話した相手に何でも話すと思ってるのか？」

「…………っ！」

ハッキリと伝えると、プライドを刺激された射場《いば》は顔を赤くして怒りを露《あらわ》にした。

誰もかれもが、お前を好きだと思うんじゃねぇよ、ゴミが。

「なら、俺にだけ教えろ。それならいいだろ？」

「嫌だよ。月山《つきやま》が誰にも言わないって保証はない」

大体、お前とだって大して仲良くないだろうが。

「誰にも言わない。信じろ」

嘘《うそ》だな。伝えた瞬間に、天田《あまだ》本人や他のヒロイン連中に伝わるに決まっている。

そもそも、理由を伝えたところで信じるはずがない。

俺が人生を繰り返していて、一度目の人生で天田《あまだ》に関わったら家族が全員死んだなんて。

「無理だ。じゃあ、俺は行くから……」

「待てよ！　話はまだ……」

「昼飯くらい、ゆっくり食わせてくれよ。それとも、まだいじめ足りないか？」

「……ちっ」

月山《つきやま》は、周囲から自分が正しい立場にいると思われたい性格だ。

だからこそ、「誰かをいじめている」という間違った立ち位置にいると周囲に思われるのは、本人としても避けたいのだろう。それ以上、俺を追ってくることはなかった。

だけど……。

「テルと仲良くしろ」

「飯ぐらいゆっくり食わせてくれよ」

「食えばいいだろ。あたしは、勝手に喋《しゃべ》ってるだけだ」

マジで勘弁してくれ……。

ようやく学食のテーブルに腰を下ろしたと思ったら、今度は牛巻《うしまき》が来やがったよ……。

「テルがお前に避けられて苦しんでるんだ。だから、仲良くしろ」

「俺は、今お前に責められて苦しんでるよ」

「自業自得《じごうじとく》だろ。お前がテルと仲良くすればいいだけだ」

とんでも理論だ。けど、こいつは勝手に喋《しゃべ》ってるだけなんだよな？

俺は牛巻《うしまき》の言葉に返事をせずに、弁当を食べ始めた。

「おい、無視すんなよ」

牛巻《うしまき》が苛立《いらだ》ち交《ま》じりの声をあげるが、一切返事をせずに弁当を食い続ける。

すると、耐えきれなくなったのか俺の肩を強く摑《つか》んできた。

「無視すんなって、言ってんだけど？」

「さっき、勝手に喋《しゃべ》ってるだけって言ってたよな？」

「……ふざけんなっ！　何のために、あたしがわざわざ……」

「それはお前の都合だろ？」

「違う。テルのためだ」

天田《あまだ》のためだったら、何でもしていいわけじゃないだろうが。

そんな憤《いきどお》りを募らせていると、俺達の正面に一人の女子生徒が腰を下ろした。

氷高《ひだか》だ。牛巻《うしまき》も気づいたのだろう。気まずそうな表情を浮かべて、俺を解放した。

「………………」

氷高《ひだか》は、俺に一切話しかけず黙々と飯を食っている。

守ってくれているからだ。以前に俺が伝えた、学校では関わりたくないという言葉を。

氷高《ひだか》はそのルールを尊重してくれて、尚且《なおか》つこうして俺を守りに来てくれている。

ただ、それは俺にとって有難《ありがた》くもあり、同時に困る展開をも巻き起こした。

氷高《ひだか》を追って、天田《あまだ》が蟹江《かにえ》と共にやってきたからだ。

「あれ？　石井《いしい》とモーカと命《みこと》じゃん。三人で飯を食ってるのか？　ってか……」

俺達の様子を見て、天田《あまだ》が険しい表情を浮かべる。天田《あまだ》は、恋愛に関しては鈍感だが決してバカではない。俺の隣に牛巻《うしまき》がいることで、何があったかに気づいたのだろう。

「モーカ、俺言ったよな？　石井《いしい》には石井《いしい》の考えがあるって」

「けど、あたしは……っ！」

この状況で俺を助けるのが天田《あまだ》なんて、本当に皮肉が利《き》いているよ。

お前は、今も未来も変わらずいい奴《やつ》だな。

「俺のために頑張ってくれるのは嬉《うれ》しいけど、石井《いしい》に迷惑をかけるのはやめてくれよ。折角、モーカは可愛《かわい》いんだから、もったいないぞ？」

「か、かわっ！　別にあたしは可愛《かわい》くないから！」

さすが、ラブコメ主人公。怒りつつも、無自覚に好感度を稼ぐことに余念がない。

天田《あまだ》に褒められたことで気を良くしたのか、牛巻《うしまき》はそれ以上何も言わなくなった。

その間に、俺はさっさと弁当を食べて学食から立ち去る。氷高《ひだか》も直後に続いた。

◇◇◇

午後の休み時間。これが終われば最後の授業で、ＨＲが終わればバイトに行ける。

あと少しの辛抱だと思っていたが、ここでもイベントが発生した。

ただ、今回のターゲットは俺ではない。

「あ、あの、氷高《ひだか》さん……」

「なに？」

蟹江《かにえ》が、怯《おび》えた眼差《まなざ》しで氷高《ひだか》へと語り掛けたのだ。

「連絡先、交換してくれませんか？」

何も事情を知らなければ、気弱な女の子が頑張って仲良くなろうとしているだけに見えるだろう。だけど、事情を知っているとなると話は別だ。

恐らく、蟹江《かにえ》は天田《あまだ》のために氷高《ひだか》と仲良くなろうとしている。

「嫌」

キッパリとした拒絶に蟹江《かにえ》が体を震わせ、クラスメート達から同情の視線が集まる。

まるで、氷高《ひだか》が蟹江《かにえ》をいじめているような構図だ。実際は、まるで違うのにな。

無性に、苛立《いらだ》ちが募ってきた。

「あのさ、命《みこと》。コロは友達が少ないし、仲良くなってもらえると有難《ありがた》いんだけど……」

すかさず、天田《あまだ》が蟹江《かにえ》のフォローへと向かった。ま、そりゃ介入するよな。

「他の子に頼んで」

だが、氷の女帝はブレない。一度目の人生でも同じだった。

どれだけヒロイン達が仲良くなろうとしても、氷高《ひだか》は誰にも心を開かなかった。

その冷たい態度が原因で、いつしか氷の女帝と呼ばれるようになるんだ。

本当の氷高《ひだか》は、温かい奴《やつ》なのにな。

「…………」

むしろ、冷たいのは俺だ。今日一日、氷高《ひだか》は必死に俺を守ろうとしてくれていたのに、俺は肝心な時に氷高《ひだか》を守れていない。何もできない雑魚脇役《ざこモブ》野郎だ。

今だって、かつての未来に恐怖して身動きできずにいる。なにしてんだよ……。

「ごめんなさい。迷惑かけて……」

「そう思ってるなら、早くどこかに行って」

「命《みこと》、そこまで言わなくてもいいじゃないか。コロなりに頑張ってるんだし……」

「私には関係ないから」

一見するといつもの鉄仮面だが、この二週間の付き合いで分かってきた。

本当は、氷高《ひだか》は助けを求めている。天田《あまだ》を嫌っていると同時に恐れているんだ。

それを理解しても、やはり俺は動けない。何もできない。

ここで動いて何になる？　もしも、俺がクラス中から睨《にら》まれることになったら、俺だけじゃなくて家族が犠牲になるんだ。もう、家族を失いたくないんだよ……。

◇　◇　◇

長かった学校の一日がようやく終わりを告げた。あとは、バイト先に逃げるだけだ。

……逃げる、か。こうやって、逃げ続けるのが本当に平穏な学園生活なのかな？

氷高《ひだか》を確認してみると、蟹江《かにえ》や天田《あまだ》に絡《から》まれたことが原因か疲弊した様子が見られる。

もしも自分が助け船を出せたのなら――なんて後悔が湧き上がる。何も意味はない。

自然と重たくなる体が原因か、中々席から立ち上がれずにいると天田《あまだ》が話しかけてきた。

「石井《いしい》、今日は本当にごめんな……」

お人好《ひとよ》しの天田《あまだ》は、ヒロイン達の行動を自分の責任と感じて謝罪しているのだろう。

「別にいいよ。天田《あまだ》が悪いわけじゃないし……」

「そういうわけにもいかないよ。俺にも責任があるからさ」

本当に、こいつは根っからの善人だな。

「その、さ。明日からはきっと大丈夫だから。あいつらにはちゃんと言っておいたし、何かあった時は俺とツキがお前を守るから、安心してくれよ」

天田《あまだ》と月山《つきやま》が俺を守る、か。そりゃ、頼もしい話だな。

「ああ。ありがとう、天田《あまだ》」

「ははは。何だか、今日はやけに素直だな」

俺が笑顔で伝えると、天田《あまだ》も笑顔で返す。

二度目の人生プラン。当初の予定はズタボロで、一度目の人生よりひどくなっている。

だとしたら、行動を変えるべきではないのか？

天田《あまだ》を避け続ける理由は、あの最悪の断罪を免《まぬが》れるためだ。

だけど、ちゃんと天田《あまだ》と仲良くなれば、俺の冤罪《えんざい》を信じてくれるかもしれない。

未来の射場《いば》からの要請をしっかりと断れば、冤罪《えんざい》になりようがないしな。

「何か石井《いしい》がそこまで素直だと、逆に気持ち悪いんだけど？」

「お前は俺を何だと思ってるんだよ？」

「ん～。捻《ひね》くれた孤高のボッチ」

「後半二つが同じ意味じゃないか」

「ははは。バレたか」

それは、一度目の人生でもしたかのような、他愛もなく心地のいい会話だった。

俺が天田《あまだ》と仲良くするだけで、問題を一つ解決できる。

今日も起きていたヒロイン達の氷高《ひだか》へのアプローチ。それを止めることができるはずだ。

そうすれば、間接的にではあるが、氷高《ひだか》のことを守ることだってできる。

「…………ん」

天田《あまだ》が、俺へスマートフォンの画面を見せてきた。

そこには、ＱＲコードが表示されている。俺と連絡先を交換しようということだろう。

「孤高のボッチもかっこいいけど、誰かと仲良くしたほうがいいぞ」

「そうだな……」

自然と俺もスマートフォンを取り出していた。

きっと、これが正しい未来なのだろう。だって、天田《あまだ》はいい奴《やつ》なんだ。

月山《つきやま》や、スリースターズは嫌いだが、天田《あまだ》は嫌いじゃない。

入学式の時から、俺と仲良くなろうとあれこれ努力をしてくれる。

わざわざ、俺の地元の駅のコンビニをいくつも巡《まわ》って、バイト先まで会いに来てくれる。

強いて欠点をあげるとしたら、ちょこちょこ弱音を漏らして、その弱音を聞いたヒロイン達が暴走することだが、これも天田《あまだ》が直接的に悪いわけではない。

それに、言ってくれたじゃないか。

――だから、俺は一人になってる奴《やつ》を絶対放っておかない。たとえそいつが悪かったとしても、俺だけは最後の味方でいる。

こんな優しい言葉まで言ってくれる奴《やつ》なんだぜ？　仲良くしたほうが良《い》いに決まっている。

だから――

「…………っ！」

その瞬間、俺の全身にまるで稲妻でも走ったかのような感覚が襲い掛かった。

待て、ちょっと待て。その言葉は、おかしいんじゃないか？

かつて、未来の天田《あまだ》は俺を断罪した。そして、俺は学校で孤立することになった。

あの時の俺は、間違いなくたった一人になった。今よりも遥《はる》かに悪い状況だ。

その時、天田《あまだ》はどうしていた？　最後の味方でいてくれたか？

いいや、違う。俺の最後の味方は天田《あまだ》ではない。……氷高《ひだか》だ。

こいつは、決して俺を救おうとなんてしなかった。

もしも、天田《あまだ》が俺の思っている通りの善人であるのならば、あんな地獄のようないじめを見過ごすようなことは決してしないはずだ。なら、どうして天田《あまだ》は俺を助けなかった？

「大丈夫だよ。その、あんまり力になれないかもしれないけど、俺はお前の味方だから」

「ああ……。ありがとう」

まるで敵意がないように見える穏やかな笑顔。だが、本当にそうなのか？

思い返されるのは、一度目の人生での様々な天田《あまだ》の言動。

天田《あまだ》は、頻繁に弱音を吐く奴《やつ》だった。「どうにか氷高《ひだか》と仲良くなりたい」ってな。

その度に、俺は「仕方ないから、手伝ってやるよ」と天田《あまだ》と共に氷高《ひだか》へ声をかけに行った。

俺以外の奴《やつ》も、似たようなことをしていた。天田《あまだ》の弱音を聞いた月山《つきやま》やヒロインが、自主的に協力を申し出るんだ。特に、そういう時のヒロインの行動力はすごい。自己犠牲の塊となり、自分が周りにどう思われようと、天田《あまだ》のためにどんな汚いことでも平然と行っていくんだ。

なぁ、天田《あまだ》。違うよな？　そんなわけないよな？

自分が弱音を吐けば、誰かが助けてくれると分かって行動していないよな？

あの未来で俺を陥れて家族の命を全員奪った本当の黒幕は、お前じゃないよな？

「なぁ、天田《あまだ》」

大丈夫だ。これは、あくまでもただの確認作業。俺の思い違いだと確認するだけだ。

天田《あまだ》はいい奴《やつ》に決まっている。だって、こいつは主人公なんだぜ？

「どうした？」


「なんで、俺の地元を知っていたんだ？」


先週の月曜日、天田《あまだ》は俺の地元のコンビニを巡《まわ》って、バイト先を特定した。

なるほど。素晴らしいローラー作戦だ。

だが、しかし。そもそも、俺の地元をどうやって知った？

俺は徒歩通学ではなく、電車通学。自分の最寄り駅を天田《あまだ》に伝えてなんかいない。

「え？　あ、ああ……。それは名簿で確認して……」

ギリギリ正当性のある言葉――だが、勝ったのは疑惑だ。いくら仲良くなりたいとはいえ、そこまで手間のかかることをするか？　俺が天田《あまだ》の地元を知っているのは、一度目の人生で天《あま》田《だ》の家に遊びに行ったことがあるからだ。というか、お互いの家に遊びに行ったことがある。

しかし、それはあくまでも一度目の人生。二度目の人生ではそんなことは起きていない。

仮に名簿で調べたのが事実だとしても、そこまで俺に執着する理由はなんだ？

「まるでストーカーだな、おい」

「おいおい、そこまで言わなくてもいいじゃないか」

あえて、一度冗談を飛ばす。天田《あまだ》の緊張感をほぐして油断させるためだ。

理由は分からないままだが、氷高命《ひだかみこと》は入学当初から俺に対して恋心を抱いていた。

そして、天田《あまだ》と氷高《ひだか》は幼馴《おさなな》染《じみ》同士。氷高《ひだか》は天田《あまだ》を避けているが、決して諦めない天田《あまだ》は小学生時代も、中学生時代も氷高《ひだか》へしつこく絡《から》んでいたのだろう。

だとすれば、天田《あまだ》は知っていたんじゃないか？　氷高命《ひだかみこと》の気持ちを……。

「そっか。ところで、天田《あまだ》。もう一つ、質問があるんだけど……」

「なんだ？」

一度目の人生での付き合いでよく知っている。天田《あまだ》は、核心を突かれると動揺する。

そして、動揺して嘘《うそ》をつく時は、決まって右手で後頭部をかく癖があるんだ。

「氷高《ひだか》って、好きな奴《やつ》とかいるのかな？」

「――――っ‼　さ、さぁ？　俺も、そこまでは知らない、かなぁ～……」

その瞬間、天田《あまだ》はスマートフォンを机の上に落とし、右手で後頭部をかき始めた。

そっか。そうだったんだな……。

未来と過去が、現在の俺を真実へと辿《たど》り着《つ》かせてくれたよ。

「ふふ、ふふふ……。そうだったのか、天田《あまだ》……」

「どうしたんだよ、石井《いしい》？」

天田《あまだ》、お前は最初から知っていたんだな？

氷高命《ひだかみこと》が、いったい誰に対して恋愛感情を抱いているか。

だからこそ、入学式から今に至るまで、俺と友好関係を結ぼうとしていた。

クラスの親睦会、月山《つきやま》の家への招待。そのどちらにも、氷高《ひだか》を呼ぶためには条件がいる。

俺の存在だ。俺がいないと、氷高《ひだか》は決して現《あら》われない。

それが、天田《あまだ》が俺と何としてでも友好関係を結びたかった理由。

しかし、二度目の人生では俺が露骨に拒絶するから上手《うま》くいかない。

決定打が、先週月曜日のバイト先に来た時だ。

あそこまで拒絶されたら、通常の手段では仲良くなれないと思ったのだろう。

だからこそ、手段を変えた。親友やヒロインの善意を利用する手段へと。

一度目の人生でも、天田《あまだ》は似たような手段を使っていた。

比良坂《ひらさか》高校で起きるトラブルを次々と解決する主人公、天田照人《あまだてるひと》。

だが、実際のところ、天田《あまだ》はほとんど動かない。主体となって動くのは親友の月山《つきやま》やヒロイン達であって、天田《あまだ》は最後のおいしいところをかっさらっていくだけ。

天田《あまだ》は分かっていたんだ。自分が弱音を吐けば、周囲が必ず力になってくれると。

今回の件でもそうだ。俺と仲良くなれないと、さも深刻そうにヒロイン達や親友にこぼす。

すると、主人公が大好きなヒロイン達は必死に頑張る。時に、汚いことに手を染めてでも。

見事だったよ。確かに、俺は追い詰められた。

そして、お前自身はそこから俺を助ける救世主として友情を結ぼうとしたんだ。

たかが、俺と仲良くなるためにここまでする奴《やつ》だ。俺の存在が、さらに邪魔ならどうする？

答えは一つ。完全に排除する、だ。

未来の断罪について、俺はずっと疑問に思っていることがあった。

射場《いば》は、俺を罠《わな》に陥《おとし》れて自らを悲劇のヒロインへと擬態した。

しかしだ。そんな方法で、本当に天田《あまだ》の気が引けると思ったのか？

ラブコメ主人公である天田《あまだ》は、表面上は真《ま》っ直《す》ぐな男だ。もしも、いつか真実が露《あらわ》になったら、その時点で射場《いば》は完全にヒロインレースから脱落することになる。

そこまでのリスクを冒す程射場《いば》は愚かではない。

だけど、別の目的があったとしたら？　自分のためではなく、天田《あまだ》のためだったら？

大好きな天田《あまだ》のために、自らが泥をかぶる。あえて、悪役として行動する。

たとえ天田《あまだ》に嫌われたとしても、天田《あまだ》の望みが叶《かな》えられるのならばと。

ヒロイン達は、校内でも特別視される人気者集団。脇役《モブ》の一人ぐらい、簡単に陥《おとしい》れられる。

そして、天田《あまだ》のために舞台を用意する。

何も知らないフリをして天田《あまだ》がその舞台に立てば、悪を断罪する正義の主人公の誕生だ。

果たしてそこまでやるかと疑いたくもなるが、天田《あまだ》の氷高《ひだか》への執着は異常だった。

まるで、自分が主人公で氷高《ひだか》がヒロインなのだから、結ばれるのは当然だと意地になっているようにも見えた。氷高《ひだか》の気持ちを知っていたのなら、そこまでやってもおかしくはない。

射場光姫《いばこうき》じゃない。最初から、何もかも天田照人《あまだてるひと》が仕組んでいたんだ。

天田照人《あまだてるひと》が、俺を、俺の家族を……。

「おい、石井《いしい》ってば。どうしたんだって？」

「いや、何でもない。ただ、自分なりに色々と整理がついたってだけだ」

「そっか。なら、いいんだけど……」

お前は、恐らく気がついていないのだろう。

今、お前は自分自身が持つ最大の武器を手放してしまったんだ。

これまで、俺がお前と『必要以上に仲良くしない』というルールをもって接してきたのには、過去のトラウマという大きな要因があるが、それ以外にもう一つ理由があった。

それは、お前が途方もなくいい奴だと思っていたからだ。

一度目の人生では、俺や他の脇役《モブ》男子とツゴ連を結成して一緒に過ごしてくれた。

おかげで、クラスで寂しい思いをしないで済んだ。

二度目の人生では、一人でいようとする俺を決して見放さず、仲良くなろうとしてくれた。

それに罪悪感を覚えて、俺は決定的な行動は起こさないでおこうと考えていた。

だけど、それは全て自らの欲望を満たすための狡《こす》い手段だったわけだ。

優しい人間のフリをして、自らの目的を叶《かな》えるために親友やヒロインを利用する男。

脇役《モブ》のフリをしながら、虎視《こし》眈々《たんたん》と自らの欲望を叶《かな》えるために他人を陥《おとし》れる男。

そんな奴《やつ》が、ラブコメ主人公だぁ？　断じて違うね！

お前は、ラブコメ主人公の皮を被《かぶ》ったクソ野郎だ！　そして、そんなお前に惚《ほ》れている女共も全員クソ！　眼球と脳みその腐ったクソ発情女だ！

だったら、何も遠慮することなんかねぇよなぁ？

復讐《ふくしゅう》なんて虚《むな》しいだけだと思っていた。やり遂げても、何も残らないと思っていた。

だけど、今は違う。俺には、守るべき存在がいる！

父さんも、母さんも、ユズも……そして、氷高《ひだか》もぜぇぇえったいにお前の好きにはさせん！

未来《過去》のお前への復讐《ふくしゅう》を、過去《現在》のお前にたんまりとさせてもらおう。

かつての俺は、ただの脇役《モブ》だった。だが、今の俺は脇役《モブ》じゃない。

今度こそ本当に、最狂最悪の悪役になって、お前をバッドエンドへと直行させてやる！

「まぁ、いいじゃないか。それより、ほら！　早く交換しようぜ」

動揺を隠すように、慌てて俺へスマートフォンを差し出す天田《あまだ》。

少し離れた所では、そんな俺達の様子を月山《つきやま》や蟹江《かにえ》、それにいつの間にかやってきていた牛《うし》巻《まき》と射場《いば》が微笑《ほほえ》ましそうに目を細めて見つめている。

やっぱり、天田《あまだ》はすごい奴《やつ》だ。あんな捻《ひね》くれ者《もの》の心を解《ほぐ》すなんて。

そう語っているような気がした。残念、お前らの思ってるような展開にはならねぇよ。

「そうだな。天田《あまだ》の言う通り、これからは他の奴《やつ》と仲良くしてみようと思うよ」

「な～に、かっこつけてんだよ。だったら、早く……あれ？　石井《いしい》？」

スマートフォンをポケットにしまい、静かに立ち上がる。

これは決意表明、そして宣戦布告だ。

そこで黙って見ていろ。今から、お前を絶望の沼へと少しずつ沈めてやる。

向かうべきところは一つ。俺達の席から二列程離れた席、そこに座る女子生徒の下だ。

そこに真《ま》っ直《す》ぐに向かっていった俺は、満面の笑みで告げた。

「氷高《ひだか》、今日から一緒にバイトに行かないか？」

言われた氷高《ひだか》自身も、少し離れた場所にいる天田《あまだ》も、月山《つきやま》や牛巻《うしまき》や射場《いば》や蟹江《かにえ》も、クラスにいる誰もが、信じられないものを見るかのような目で俺を見ていた。

誰とも仲良くしようとしない脇役野郎《モブ》が、氷の女帝に声をかけるだと？

ただの自殺行為じゃないか。そう言っているような気さえした。

だが、事態は見物者の思っているような展開を見せない。

「…………っ！　い、い、の？」

赤らんだ頬、瞳に涙を滲《にじ》ませて俺を見つめる眼差《まなざ》し。本当に綺麗《きれい》な女の子だ。

氷の女帝のこんな顔を、クラスの誰もが見たことがなかったのだろう。

だからこそ、誰もがただ啞然《あぜん》として眺めることしかできない。

「ああ。今まで内緒にしてもらって悪かったな。あと、今日は守れなくてごめん」

「……っ！　良きっ！　今のかずぴょん、とっても良きっ！」

いや、そこまで喜ばれると少し恥ずかしいんだけど……まぁ、いいか。

恋愛に脳みそが支配されている発情ダボザル共は、この時点で気がつくだろう。

氷高《ひだか》が、誰に対して特別な感情を抱いているかを。

そして、これを理解させることで状況は大きく変わるはずだ。

ここから先、天田《あまだ》はこれまでのように氷高《ひだか》へ鬱陶しいアプローチをしなくなる。

それよりも優先して、俺を排除しようと行動してくるはずだ。未来がそれを証明している。

これだけで完全にとは言い切れないが、少しは氷高《ひだか》を守ることができる。

本当はすぐにでも無害な状態にしたいが、生憎《あいにく》と今の俺では力不足だ。

状況は、天田《あまだ》が圧倒的に有利。俺が持つ唯一のアドバンテージは、未来からの情報だけ。

そう簡単に、逆転できる程楽な相手じゃない。

だから、もう少しだけ我慢してくれ。最後には、絶対に俺が勝つ。

「で、どうだ？」

周囲のクラスメートも固唾をのんで、氷高《ひだか》の返答を待つ。

これまでの氷の女帝を知る者であれば、いきなり脇役《モブ》が声をかけたとしても確実に断るだろうと思ったはずだ。だが、今の氷高《ひだか》の表情を見て可能性を感じている。

もしかしたら……と。そして、その答えはすぐに発せられた。

「うん！　かずぴょんと一緒に行く！」

満面の笑みで氷高命《ひだかみこと》がそう告げた。俺は、ただ笑顔でその言葉を受け入れる。

そして、自分の席へと戻り鞄《かばん》を肩にかけた後、口をあんぐりと開けて間抜けにスマホを構えたままの天田《あまだ》に向かって不敵な笑みを浮かべて言ってやった。

「お前とは仲良くしないわ。氷高《ひだか》が、お前をめっちゃ嫌ってるし」

さぁ、復讐《ふくしゅう》の時間だ。

第五章 復讐をする時は、上機嫌でやれ

新たなる朝。決意を胸に制服へと袖を通し自室のドアを開けると、お茶目な天使さんがしかめっ面《つら》をして、疑惑の眼差《まなざ》しを俺へと向けていた。抱きしめてもいいだろうか？

「おはよう、ユズ！」

「おはよ……。カズ、何か特殊な催眠術でも使った？」

「使ってない。ユズの学校の生徒教師諸君がユズを崇《あが》め奉《たてまつ》るようになっていないことが、その証拠になるだろう。俺にとって、ユズが一番だからな」

「そんな証明しなくていいし、できてもやらなくていいから！」

今日も俺の妹は、ちょっぴりツンケンしている。だけど、それが良《い》い。

「じゃあ、本当、なんだ……。確か、あの人って子供の頃にカズと私と……まさか、あれからずっと……？　それはそれで、催眠術じゃない？」

ブツブツと小声で呟《つぶや》きながら、何事か納得した素振りを見せるユズ。

最終的に、催眠術という結論に至ったことにお兄ちゃんは悲しみを禁じ得ない。

「ユズ、どうしたんだ？　何か悩みがあるなら、ありとあらゆる手段で調べ上げて、お兄ちゃんが原因を排除するぞ？」

「せめて『相談に乗るぞ』で止めて！」

しかし、ユズに悩みをもたらすなんて悪そのものだろう？

悪は滅ぼす。滅ぼして勝者になった時こそ、我々は正義を名乗れるのだ。

「別に悩みなんてないから。あと、何があったかは下に来れば分かる」

それだけ言うと、ユズは俺の前から立ち去り階段へ向かっていく。

だが、下りる直前で一度足を止めると、少し頰を赤らめて俺を睨《にら》みつけた。

「あんま、デレデレしないでよ？　私が一番なんでしょ？」

んがわゆいぃぃぃぃぃぃぃぃぃ‼　なにあれ、超絶天使じゃん！

ユズが一番に決まってるじゃないかぁ！　一番を超えて、ビッグ番だよ。

なるほど。ユズがいることで宇宙は誕生したんだな。マジ、俺の妹ユニバース。

よーし！　俺も早くリビングにいこーっと！

「おはよう！」

「おはよう、和希《かずき》君！」

「おはよう、和希《かずき》」

「おはよ、カズ」

「おはよう、かずぴょん」

「…………」

はて、おかしいな？　ここは、我が石井《いしい》家のダイニングのはずだ。

テーブルは四人が腰を下ろせる仕様だが、少し頑張ればお誕生日席をつけられる。

いつもの定位置に、父さんと母さん、ユズ。ここまではいい。

しかしだ、普段は決して存在しない誕生日席に、見慣れた女がいるではないか。

「氷高《ひだか》よ、何をやっている？」

「朝食を馳走《ちそう》。お義母《かあ》さんのご飯、とても美味《おい》しい」

分かったこと。どうやら、氷高《ひだか》は緊張しているらしい。なぜなら、片言だから。

いや、そこじゃねぇよ。

「すまん。俺の質問が間違っていた。なぜ、我が家のダイニングにいる？」

「和希《かずき》君、それは違うぞ。この家を買ったのは父さんだ！　そして、家主は母さんだ！」

「和希《かずき》と同じ学校の子でしょ？　彼女じゃないの？」

しっかり者の母さんは、こんな時でも冷静沈着……なのだが、心なしかウキウキしているようだ。氷高《ひだか》の椀《わん》によそわれた味噌汁《みそしる》の具が、父さんの倍以上の量になっている。

「いや、違うよ。その、バイト先は同じだけど……」

「母さん、気が早いよ。今のところは友達なんだよね、ひだかさん？」

「はい、そうです。お義父《とう》さん」

「母さん、柚希《ゆずき》ちゃん、聞いたかい？　お義父《とう》さんだって、お義父《とう》さん！　こんな可愛《かわい》い娘ができたら、絶対周りに自慢しちゃうよぉ〜！」

ウキウキの父さんは、唖然《あぜん》とする俺や、白けた表情のユズには気づいていないようだ。

上機嫌なまま、続いて説明をしてくれた。

「朝、新聞を取りに行ったら、お家《うち》の前に氷高《ひだか》さんがいてさぁ。何してるのって聞いたら、和《かず》希《き》君と一緒に学校に行きたいから待ってるって言われてね！　そんなことを言われたら、もう家に上がってもらうしかないでしょ？　ご飯一緒に食べるしかないでしょ？」

「貴様、父さんを利用したのか⁉」

ここにきて、俺は自分のミスに気がついた。

昨日の放課後、天田《あまだ》への宣戦布告の後、氷高《ひだか》と共にバイト先に向かう時に告げた。

もう学校で関わらないとか、そういうのは気にしなくていい。普通に仲良くしようと。

氷高《ひだか》は笑顔で了承してくれて、その時は非常に可愛《かわい》らしい笑顔だった。

だが、氷高《ひだか》と俺の間には、国家間の文化の違いが存在する。

この女の『普通』は、俺の『異常』なのである。

「これぞ、将を射んと欲《ほっ》すれば先《ま》ず馬を射よだね！　ヒヒ〜ン！」

父さんには、プライドというものがないのだろうか？　自ら馬役を引き受けるとは……。

ドン引きしている眼差《まなざ》しを父さんに向けると、無駄にキリッとし始めた。

「和希《かずき》君、父さんは家族のためならば、いくらでも道化になれるんだ。僕が馬になることで、和希《かずき》君が幸せになるなら最高だヒヒン」

語尾がとても変である。

「和希《かずき》、早く食べないと冷めるよ」

母さんはとても落ち着いていた。夫が馬でもいいらしい。

唖然《あぜん》としたまま腰を下ろすと、隣のユズが小さく俺へと語り掛ける。

「ね？　催眠術を疑いたくなるでしょ？」

はい、仰《おつしや》る通《とお》りです……。

◇◇◇

朝食を済ませた後、俺はユズと氷高《ひだか》と三人で家を出発した。

すると、どうだろうか。普段は中々手を繋《つな》いでくれないユズが、玄関のドアが閉まると同時に力強く俺の手を握ってくれたではないか。

「ほら、カズ。早く行くよ」

思わず、涙が溢《あふ》れる。気がつけば、空いている手で氷高《ひだか》へサムズアップを向けていた。

「氷高《ひだか》、グッジョブ！」

朝の登校時、ユズと手が繋《つな》げる確率は三割八分七厘。

しかも、繋《つな》げたとしても必死に粘って駅までのラスト一分程度の時間なんだ。

だけど、今日はユズからすぐに繋《つな》いでくれた！　これなら一〇分はいける！

その様子を見ていた氷高《ひだか》が、ゆっくりと俺の空いている手へ自らの手を忍ばせる。

「かずぴょんに褒められて嬉《うれ》しい。ならば、ご褒美《ほうび》に私も……」

「氷高《ひだか》さんは、まだ彼女じゃないでしょ！」

「……なんとっ！」

きたぁぁぁぁぁぁぁ！　これぞ、妹の嫉妬！　嬉《うれ》しいなぁ、嬉《うれ》しいなぁ!!

うちの妹は、いじわる天使さんだなぁ！

「氷高《ひだか》、ユズの言うことが正しい。ユズを困らせてはダメだ。世界が滅ぶぞ」

「滅ばないから！」

「ぐぬぬ……。残念だけど、諦める……。世界が滅ぶのは私も困る……」

「信じないで！」

すまんな、氷高《ひだか》。俺の一位は、不動のユズなんだ。

氷高《ひだか》が、恐る恐るユズへと語り掛けた。

「妹さん。ユズちゃんって、呼んでいい？」

「別にいいけど……。でも、まだカズに彼女は早いから！　作るのは一〇〇年後！」

「俺、来世までノーチャンスなの⁉」

「ユズちゃん、手強《てごわ》い。でも、かずぴょんの良さを知ってるの……良きっ！」

そんな会話をしながら、俺達は三人で登校した。

なお、駅でユズと別れる時も、「私がいなくなっても、手を繋《つな》いじゃダメだよ」と念を押されたので、俺は素直にその言葉に従うことにした。

「鎮《しず》まれ……。私の右手……」

ユズと別れた後、氷高《ひだか》は自分の右手首を左手で必死に押さえていた。

どうやら手を繋《つな》ぎたいようだが、ユズからダメだと言われてしまったので、必死に我慢しているようだ。そんな氷高《ひだか》を眺めながら、俺は今後のことについて考える。

当初目論《もくろ》んでいた平穏な脇役《モブ》生活を送ることは、もはや不可能になっただろう。

もちろん、後悔はない。復讐《ふくしゅう》すると決めた以上は、確実に遂げさせてもらう。

覚悟しておけよ、天田《あまだ》。お前は、俺によって地獄に突き落とされるんだ。

と、それはさておきだ。

「…………氷高《ひだか》、何をやっている？」

「手を繋《つな》いじゃダメって言われたから、腕を組んでる。これなら、罪にならない」

そんな誇らしげに、ふふんと鼻息を出されましても……。

「……比良坂《ひらさか》高校の最寄り駅までだからな？」

「ん」

多分、これもユズに見られたのならアウトなんだろうけど、あまりにも幸せそうな顔をしているので、振り払うに振り払えない俺なのであった。

◇◇◇

比良坂《ひらさか》高校に到着し、一年C組の教室へ入ると一斉に注目が集まる。

当たり前だ。俺が、氷高命《ひだかみこと》と共に登校してきたのだから。

幸せな朝の時間はもう終わり。ここからは、楽しい復讐《ふくしゅう》の時間の始まりだ。

自分の席へと腰を下ろすと、不安そうな瞳の天田《あまだ》が声をかけてきた。

「な、なぁ、石井《いしい》。お前って、命《みこと》と……」

「付き合ってない」

今回の復讐《ふくしゅう》に於《お》いて、俺は自分なりのルールを設けていた。

それは、氷高《ひだか》の恋心を利用しないことだ。昨日の放課後や今も、氷高《ひだか》と仲良くしているが、それは決して天田《あまだ》へ見せつけるためではない。天田《あまだ》の狙いを俺にだけ向けさせるためだ。

氷高《ひだか》はちょっと……いや、かなり……いや、果てしなくアグレッシブな努力家ではあるが、俺にとっては感謝すべき相手。そんな氷高《ひだか》を、俺の復讐《ふくしゅう》のために利用するのは絶対にダメ。

加えて、天田《あまだ》への復讐心《ふくしゅうしん》があることで俺自身、氷高《ひだか》への気持ちが分からなくなっている。

俺は氷高《ひだか》に対して、特別な感情を抱いている……と思う。

だけど、それが純粋な恋心なのか、守ってくれたことへの感謝なのか、天田《あまだ》への復讐心《ふくしゅうしん》なのか、自分の中でどれが正解かを見失ってしまっている。

だからこそ、俺は天田《あまだ》への復讐《ふくしゅう》を必ず遂げる。その時に、分かる気がするからだ。

俺が、氷高命《ひだかみこと》という女の子をどう思っているかが。

「本当か？　本当に付き合ってないのか？」

簡単に信じられないのは、天田《あまだ》が氷高《ひだか》の気持ちを知っているからだろう。

俺は、未《いま》だに氷高《ひだか》がどうして俺を好きなのかが分からない。本人に聞くのもかなり恥ずかしいので聞けていないわけだが、天田《あまだ》も知っているということは、恐らく俺達三人の間には何かがあったのだろう。そう思うと、俺も全然脇役《モブ》じゃなかったのかもな。

まぁ、脇役《モブ》のままでも全然いいんだけど。

「本当だ。だけど、友達ではあるから氷高《ひだか》の味方になる。つまり、俺を介して氷高《ひだか》と仲良くなろうとするような卑怯《ひきょう》な奴《やつ》がいたら、絶対に許さない」

「…………っ！」

あえて、教室内にいる全ての人間に聞こえるように言ってやった。

一度目の人生で天田《あまだ》が取った手段を、他の連中が取らないとは思えないからな。

「そうだよな……。うん、そう思うよぉ……ぐぎぎ……」

おやおや天田《あまだ》さん、怒りが隠しきれなくなっていますよ？

必死こいて笑顔を作っていますけど、明らかに引きつっていますねぇ。

お気づきでしょうが、俺はもう昨日までの気弱で捻《ひね》くれ者《もの》の和希《かずき》君ではありませんよ。

今の俺は、ウキウキで復讐《ふくしゅう》をエンジョイするイキリ和希《かずき》君よ？

石井《いしい》和希《かずき》の体は、憎しみとイキリで構成されております。

「分かってくれて、よかったよ」

というわけで、満面のイキリスマイルをプレゼントしてやった。

あれ？　俺、何かやっちゃいましたぁ〜？

「…………っ！」

それ以上、自分の顔を俺に見られたくなかったのか、天田《あまだ》は俺に背を向け正面を向いた。

さて、今回の復讐《ふくしゅう》で難しいところは、ここから先だ。

第一の目標である、天田《あまだ》の俺を利用した氷高《ひだか》へのアプローチは止めることができた。

恐らく、これでヒロイン達による氷高《ひだか》への天田《あまだ》と仲良くしろコールも止められるはずだ。

なにせ、俺に言われてしまったからだ。

第三者を介して、氷高《ひだか》と仲良くなろうとするのは卑怯《ひきょう》だと。

だが、これだけで全ての問題が解決となるような簡単な話じゃない。

最終目標は、天田《あまだ》が俺の家族や氷高《ひだか》に対して何もできなくすることだが、これが難しい。

なにせ、天田《あまだ》は滅多なことでは自分から動かないのだ。

一度目の人生でも、天田《あまだ》が活躍したのは最後の最後。勝利が確定している時だけだった。

それまでは、親友の月山《つきやま》やヒロイン達がイベントを進めていった。

俺への断罪の時も同じだった。

しかも、厄介なことに天田《あまだ》に恋をするヒロイン達は、例外なく全員がハイスペック。

もしも、一度目の人生の時のヒロイン全員が、天田《あまだ》の味方についたら確実に俺は負ける。

というか、現時点でも俺は大分不利な状況だ。

なにせ、一度目の人生とは異なり、天田《あまだ》にはすでに強力な味方が四人もいるのだから。

最終的には一〇人オーバーの大軍となるから、それと比べればマシだが脅威であることには変わりはない。だからこそ、最初からいきなり天田《あまだ》には挑まない。

その前に、戦力を削り取る必要がある。

そこで、最初のターゲットとして定めたのは………よし、来たな。思った通りだ。

「おい、石井《いしい》。お前、どういうつもりだよ？」

鋭い眼差《まなざ》し。天田《あまだ》の親友である月山《つきやま》が、俺の席へとやってきた。

クックック。何も知らない能天気な阿呆《あほう》が近寄ってきよったわ。

天田《あまだ》に無礼な態度をとったら、来てくれると信じていたよ。

「どういうつもりってのは？」

内心で安堵《あんど》の息を吐《つ》きながら、俺は立ち上がる。

俺にとって、最優先で動きを封じ込めるべき相手は月山《つきやま》だ。

こいつの父親は、父さんの会社の社長。しかも、その父親は息子の月山《つきやま》を溺愛している。

つまり、こいつを自由にさせていると、父さんが解雇処分になってしまう可能性がある。

「昨日も言ったよな？　テルに対する態度を少しは変えろって」

「ああ。だから、言われた通り態度を変えたが？」

「そういう意味じゃねぇんだよ！」

容赦なく、俺の胸倉をつかんだ。

月山《つきやま》の弱点は、すぐに熱くなる性格だ。もしもこいつがもっと冷静な男だったら、クラスメートが大勢いる教室でこんな行動には出なかったはずだ。

理想は俺と二人だけの空間。最低でも天田《あまだ》やヒロイン達だけ。自分の味方だけがいる圧倒的に有利な空間で事を進めれば上手《うま》くいったかもしれないのにな。

それとも、勘違いしているのか？　クラスメートは全員自分の味方だって。

ぬるい！　ぬるいわ！　一度目の人生を過ごした俺はよく知っているのだ。

月山《お前》が、クラスメートからどう思われているかをな。

「クラスのみんなの前で『嫌い』なんて言われたら、誰だって傷つく。昨日はテルの顔を立てて我慢してやったが、今日は許さない。今すぐ、テルに謝れ」

「なんで？」

「悪いことをしたら、謝る。当然のことだろ」

「なるほど、ね……」

胸倉をつかまれたまま、俺は教室内の様子を確認する。

まず天田《あまだ》だが、固唾をのんで見ている。

お前が本当にいい奴《やつ》なら、ここで介入して月山《つきやま》を諌《いさ》めるはずなんだけどなぁ。

しないってのは、俺を潰せるチャンスだと思ってるからだね。はい、ギルティ。

他のクラスメートは、どっちつかず……だが、少しだけ俺寄りといった様子だ。

成績優秀、運動神経抜群、加えてイケメンというハイスペックの月山《つきやま》は女子から人気がある。

だが、第一印象がいい奴《やつ》ってのはその分、周囲から理想を押し付けられがちだ。

故に、その理想とかけ離れた行動に出ると評価はすぐさま反転する。

優しく明るいクラスのリーダーだと思っていたら、乱暴者だった。

どんな事情があろうと、女子は暴力を嫌う。どれだけイケメンで普段がいい奴《やつ》であっても、

『怖い』という側面を見せてしまうと、その好意は薄れるんだ。

実際、この性格が災いして、月山《つきやま》は二年生になったあたりから人気が薄れて、最終的にはが
つかりプリンスというあだ名がつくまでに至ったからな。

やれやれ、何も知らない無垢《むく》なイケメンを陥《おとし》いれるとは、心が躍ってしまうぜ。

「なぁ、月山《つきやま》。一つ聞いてもいいか？」

「テルに謝った後なら答えてやる」

吐き捨てるように告げられた言葉に対して、俺はゆっくりとスマートフォンを取り出した。

月山《つきやま》は俺の行動の意味が分からず、怪訝《けげん》な表情を浮かべている。

それでは、いきましょう！　月山《つきやま》を陥《おとしい》れる我が渾身《こんしん》の一撃、とくとその身で味わうがいい！

「親睦会の写真、どうして送ってくれなかったんだ？」

「は？　…………あっ！」

クケケケケ！　そうだよ、思い出したか？　これが、お前の大失敗だ！

入学して二日目の金曜日、お前はクラス親睦会を企画したよなぁ？

それで、俺がバイトの面接があるから行けないって言ったら、連絡先を聞いてきた。

みんなで撮った写真を送るからってなぁ！　でも、実際は？　送らなかったよなぁ？

「俺さ、あの時嬉《うれ》しかったんだよ。自分の事情で行けないのに、わざわざ月山《つきやま》みたいなすごい奴《やつ》が連絡先を聞いてくれて、写真まで送ってくれるって言ってくれてさ。だから、ずっと待ってたんだ。……月山《つきやま》から写真を送ってもらえるのをさ。写真が欲しかったんじゃない。月山から写真を送ってもらいたかったんだ……」

「それは……」

俺の胸倉をつかんでいた手を離し、月山《つきやま》が僅かに後退する。

せやろ？　やばいやろ？　クラスの空気、変わっとるやろ？

「わ、忘れてて……。言ってくれれば、送ったよ！　なら、そう言えよな！」

言えるか、ボケ。そんなことを言えるのは、鋼のメンタルの持ち主か、何にも考えてない能天気なバカだけ。俺みたいな、豆腐メンタルで考えてもしくじるバカには無理なの。

「なぁ、もしかして、お前って……」

「……っ！　やめ――」

「誰かの連絡先を知る口実に、俺を利用したのか？」

「――――っ‼」

一気に、月山《つきやま》が青ざめる。

聞いてたもんなぁ？　俺の連絡先を聞いた直後に、氷高《ひだか》の連絡先を。

月山《つきやま》よ、お前はイケメンなんだ。その分、女子達はお前の行動を注視する。

きっと、あの時も女子達は思ってたはずだぜ。「もしかして、月山《つきやま》君って……」ってな。

それを口に出さなかったのは、確信がなかったから。人気者の月山《つきやま》の悪口を言って、クラスの女子から嫌われたくなかったからだ。

それでも、女子達の不満は溜《た》まっていた。さらに今、お前は「怖い」と思われている。

そんな状況で、こんなきっかけが与えられたら？

「マジ？　でも、私もあの時そう思ってたんだよね。だって、月山《つきやま》君って氷高《ひだか》さんを……」

「私も……。まぁ、誰も言わないならいいかなって思ってたんだけど……」

「にしても、送るべきだよね？　忘れてたとか、絶対嘘《うそ》じゃん」

人の悪口、みんなで言えば怖くない！

これぞ、どんな災害よりも恐ろしい女子のひそひそ話だ！

小さくも鋭利な棘《とげ》となった言葉が、全身に次々と突き刺さっていく。

辛《つら》かろう、辛《つら》かろう。俺も経験したことがあるから気持ちはよく分かるぞ。

「あ、いや、その……」

いいか、月山《つきやま》？　脇役《モブ》ってのは何も知らないバカじゃない。知っていても干渉してこない存在なんだ。ただ、その分、承認欲求ってのが強くてね。

クラスの女子達は、お前のアピールを見て内心ではこう思っていたのさ。

月山《つきやま》君って、女子の外見しか見てくれないのかなってな。

そこに起爆剤を投入したらどうなるかなぁ？　こうなるのさ！

「そういえば、月山《つきやま》君って前に遊びに行った時もひどかったよね。私達を歓迎するつもりなんて全然なくて、嫌々招待したって態度だったじゃん？　わざわざ行ってあげたのに」

「つか、それを言うなら親睦会の時だよ。行きたくない子もいたのに無理矢理出席させてさ。

最初から、ああいう強引なところが嫌だったんだよね」

「顔が良ければ、何をしてもいいとか思ってんじゃない？」

女子達の不満が一気に爆発した。随分と自分勝手な言い分も含まれているが構わない。

重要なのは、月山《つきやま》を追い詰めることだからな。

「ちが……。俺は……」

月山《つきやま》はプライドが高い。そして、常に自分が正しい立場でいたい男。

それを揺るがされると、あっという間に弱い奴《やつ》になる。

「──なんて、そんなわけないよな」

「……へ？」

「月山《つきやま》は入学式からクラスをまとめるのを頑張ってくれて、色々と気を回すことが多いもんな。

お前の言う通り、本当に写真が欲しかったら言うべきだった。……ごめん」

「え？　ああ……」

ほれ、垂らしたぞ。とても丈夫な蜘蛛《くも》の糸だ。摑《つか》まれよ、カンダタ。

「まぁ、そう言ってくれるなら……」

はい、しっかり摑《つか》んでくれましたよとさ。じゃあ、最後の仕上げをさせてもらうか。

俺は体の向きを変え、こちらを凝視している天田《あまだ》を見つめた。

「天田《あまだ》、昨日はごめん。ちょっと言いすぎた」

「い、いや……大丈夫、だよ……」

表情は全然大丈夫じゃないけどな。悔しいを通り越して、怨念じみた眼《め》だ。

さすが、実は卑怯《ひきよう》な男。この後、どうなるかをすでに理解しているようだ。

俺は再び月山《つきやま》に向き直り、問いかけた。

「月山《つきやま》。これでいいか？」

「そうだな。ちゃんと謝ってくれれば……あっ！　俺もごめん!!」

ハッキリと、月山《つきやま》が俺に向かって頭を下げた。

月山《つきやま》は悩んでいた。人気者の自覚のあるこいつは、自分の立場に固執している。

だが、同時にプライドも非常に高いため、簡単に自分が間違っていることを認めたくない。

ただ、このまま謝らなければ自分は人気者の立場を失う。

立場とプライドの二者択一を迫られたわけだが、俺が先に月山《つきやま》の要望に応えるなら話は別。

これなら、自分も謝ることができる。立場もプライドも同時に守れると考えたのだろう。

「じゃあ、もういいか？」

「そう、だな……うん、本当にごめんな」

最後に再び謝罪をした後、月山《つきやま》は自分の席へと戻っていった。その際、腰を下ろす前にクラスのみんなに対しても、「うるさくして、ごめん」と謝罪。

女子達も、素直に謝られたことでそれ以上は何も言わなくなった。

「…………」


その後、朝のHRが終わった後も月山《つきやま》は決して自分の席を立たず、静かに顔を俯《うつむ》かせていた。

いつもなら、氷高《ひだか》か天田《あまだ》に必ず話しかけていたあの月山《つきやま》がだ。

その様子を見ていたら、向こうもチラリと俺を見てきたので、小さく会釈《えしゃく》をする。

すると、どこか安堵《あんど》の笑みを浮かべて、会釈《えしゃく》を返してきた。

まずは一人目。これで、楔《くさび》は打てた。

月山《つきやま》は、もう俺には何もできない。分かっているからだ。

もしも、これで再び俺に対して何かをしようものなら、女子達にこう言われる。

あいつは、謝ったフリだけしてた嘘《うそ》つき野郎《やろう》ってな。

◇　◇　◇

昼休みになったところで、俺はクラスの空気が少し重かったので教室の外へ出る。

向かった先は、食堂の屋外テーブル。周囲に生徒はいない。

当たり前のようについてきた氷高《ひだか》は、正面に腰を下ろすと笑顔で言った。

「かずぴょん、かっこよかった！　次は私も手伝いたい！」

「あの、氷高《ひだか》さん？」

「ワルぶるかずぴょんも良きっ！　やっぱり、かずぴょんが一番！　良き良き良き！」

「氷高《ひだか》さぁ～ん」

「どうしたの？」

こっちの台詞《せりふ》過ぎる。なにをキョトンと首を傾《かし》げているのだ。

「えーっとだな、俺って今朝、結構えげつないことをしたと思うんだけど……」

「かずぴょんをいじめようとする奴《やつ》は悪。悪は裁かれて当然」

そんなキリッと言われても、困ることしかできない。

「いや、普通は引くところじゃないか？」

「あの故障済み人災は、自分の立場を利用してかずぴょんにひどいことしてた。むしろ、あの程度で済ませたかずぴょんはとても優しい」

氷高《ひだか》の中で、月山《つきやま》はギリギリ人類に含まれるらしい。

「それに、あいつは早めに止めておかないと、お義父《とう》さんに迷惑がかかっちゃうでしょ？」

「なんで知ってるんだよ！　俺は誰にも……」

「ふふん。私程のアグレッシブな努力家になれば、この程度は当然」

最近のアグレッシブな努力家はすげぇな……。

「なら、もしかして俺がこれから何をしようとしてるかも……」

「勘違い発情猿の周りからやっつけたいんでしょ？」

相変わらず、人類扱いされない天田《あまだ》なのであった。ギリギリ類人猿になれてよかったね。

「あの発情猿は、滅多なことじゃ自分から動かない。だから、動かすには追い詰めないといけない。そのために、向こうの戦力を削るのは当然のこと」

「その通りなんだけど、よくそこまで分かったな……」

「あいつは、昔からそうだから」

「昔って……」

「小学校の時も、中学校の時も同じ。いつも弱音を吐いて周りに助けてもらうばかり。そのくせ、一番良《い》いところだけは自分で持ってく。そういう卑怯《ひきょう》なところが大嫌い」

さすが、幼馴染《おさななじみ》。詳しいところは、しっかり詳しいな。

俺が知らなかった天田《あまだ》の本性も、氷高《ひだか》は最初から知っていたわけか。

「でも、かずぴょん。一つだけ勘違いしちゃいけないことがある」

「俺が勘違い？」

「周りをやっつけるのは正しい。でも、周りをやっつけた後も油断は禁物。あいつが、本当に危険なのは自分が追い詰められた時だから」

「そうなのか？　天田《あまだ》自体は、大したことないと思ってたんだが……」

氷高《ひだか》が首を横に振る。その瞳は、どこか恐怖を孕《はら》んでいるような気がした。

「違う。あいつは、根本的に考え方がおかしいの」

それを君が言うのかね——まぁ、それはさておこう。

「だから、追い詰められて自分で動く時は、普通の人が守るルールを平然と破ってくる」

倫理観や道徳心を一切合切無視した行動か。

恐らく、それが一度目の人生で行われた俺への断罪なのだろう。

「子供の時、一回だけ私にすごく怒った時があった。思い切り殴られて……『お前はヒロインなんだから、主人公だけを好きじゃなきゃいけないんだ』って言いながら私の宝物を盗《と》ったの。本当は取り返したかったけど、すごく怖くて……私、何もできなかった……」

暴力を振るった上に、とんでも理論を振りかざしたわけか。

ヒロインだから主人公だけを好きでいろって……。

天田《あまだ》の奴《やつ》、現実と創作物の区別がついていないのか？

「その、怪我《けが》とかは平気だったのか？」

「ちょっと歯が折れただけだから大丈夫。乳歯だったし」

それは大丈夫じゃないだろ。どれだけの力で殴ったんだ、あいつは。

「でも、心配ない。かずぴょんにもしものことがあった時は、私が我慢すれば——」

「それはなしだ」

ハッキリと、俺は氷高《ひだか》の考えを否定した。

そりゃ、氷高《ひだか》が天田《あまだ》と付き合えば、全てが解決するだろう。

天田《あまだ》も満足して、俺や俺の家族に害を及ぼさなくなる可能性だってある。

ただし、それは氷高《ひだか》の犠牲の上に成り立つ状況で、俺の目標とは異なる結果だ。

平然と暴力を振るうような奴《やつ》に、氷高《ひだか》を任せられるわけがない。

「氷高《ひだか》が天田《あまだ》と仲良くする必要はない。仲良くしたいって気持ちがあるなら止めはしないけど、そうじゃないなら絶対にダメだ」

「でも……」

「俺がダメって言ったら、やらないんだろ？」

「……ずるい。でも、強引なかずぴょん、やっぱり良きっ！」

あっという間に元気になった。相変わらず、ちょっとおかしなところはあるが。

「ひとまず、手伝いについては……そうだな。天田《あまだ》がどんな狙いを持っているかを一緒に考えてくれると助かる。俺よりも氷高《ひだか》のほうが詳しそうだしさ」

「それだけ？　他にはないの？」

「ない。向こうは確実に俺を狙ってくるだろうし、動くのは俺がやる」

「分かった。じゃあ、何でも相談してね。絶対に私が最初だよ？」

そんな念を押さなくてもそのつもりだが、何やら妙な含みを感じるな。

「その心は？」

「相談に乗ってたら、かずぴょんが私に依存する可能性大！　それはそれで良きっ！」

「あ、そっすか……」

氷高《ひだか》の最大の欠点は、自分の考えを全く隠さないことだと思う……。

いや、本人がいいならいいんだけどさ……なんで、こんなに俺を好きなんだろう？

氷の女帝の名に相応《ふさわ》しくない、無邪気な氷高《ひだか》。一緒にいればいる程、疑問は重なるばかりだ。
◇◇◇

バイトから帰宅し、俺が今後について自室で思案していると、ドアをノックする音が響いた。

「カズ、いい？」

「どうした？」

時刻は二二時一五分。微《かす》かに湯気を発したパジャマ姿のユズが入ってきた。

ひとまず、両腕を広げて抱きしめる準備を整えておく。

「別に抱き着かないから」

「……くっ！　このツンデレエンジェルめっ！」

「ツンデレでもエンジェルでもない！　カズは都合よく考えすぎ！」

どうして、俺の妹はこんなに可愛《かわい》いんだろう？

用件はあるようだが切り出すのが恥ずかしいのか、バツの悪そうな表情でモジモジしている。

「あ、あのさ……。カズって、氷高《ひだか》さんのこと、どう思ってるの？」

「難しい質問だ。外見は好みで、性格も少し変わっているが、非常に好感を持っている。むしろ、あんな美人がなぜ俺をと日々疑問を重ねているところだ」

「え！　カズ、覚えてないの？」

「覚えてない、だと？」

ちょっと待て。それはどういうことだ？

「ユズは、氷高《ひだか》を前から知っていたのか？」

「え⁉　まぁ、知ってたというか、思い出したっていうほうが正しいけど……」

つまり、俺と氷高《ひだか》は以前に出会っていたということか？

思い出したなんて言うということは、かなり以前の話のはずだ。

「詳しく聞きたいんだが、可能か？」

「…………やだ」

ムスッと頬を膨らませて、ユズが拒絶の意志を示した。

「カズが忘れてるなら、教えない。それに、氷高《ひだか》さんだって悪いもん。本当に好きなら、あの時にカズからもらった…………あっ！　な、何でもないから！」

「分かった」

「想像以上にあっさり引くね！　もっと食いつくところじゃない⁉」

「ユズや氷高《ひだか》が覚えていて、俺が忘れていること自体ダメだからな。重要なことなら、ちゃんと自分で思い出すべきだ。何より、無理矢理聞き出してユズに嫌われでもしたら、俺は泣き叫び続けて顔が伸び、車力《しゃりき》の巨人《きょじん》のような顔になってしまうだろう」

「前半と後半の落差がひどい！」

もちろん、興味があるかないかで言ったら興味はあるが、そこまで知りたいとは思わない。

氷高《ひだか》は今も未来でも俺を助けてくれた。それだけ分かっていれば充分だ。

「まぁ、カズがそう言うならいいけど……あっ、そうだ。明日の土曜日って何してるの？」

「すまない……。ユズとデートに行きたいが、どうしても外せない予定が入っている」

「まだ何も言ってないんだけど⁉」

「今のは、明日暇ならデートしようというお誘いだったのでは？」

「違うから！　ただ、暇なら遊びに行こうって言おうとしただけだから！」

「知らないのか？　世間では、兄と妹が休日に遊びに行くことをデートと言うんだぞ？」

「私の知ってる世間と大分違うよ！　……で、予定ってなに？」

そんな鋭い眼差《まなざ》しで見られると、ゾクゾクしちゃうじゃないか。

「スマホの機種変をしようと思ってるんだ。明日中に絶対にやっておきたい」

「ふ～ん。じゃあ、私も暇だから付き合うよ」

「分かった。では、俺のお年玉貯金を下ろして、高級レストランの予約を――」

「しなくていいから！」

そのぐらい、させてくれたっていいじゃないか。

まったく、ユズは自分の価値を分かっていなさすぎることだけが欠点だな。

「じゃあ、そういうことでね。他の予定、入れないでよ？」

「もちろんだ。ユズの未来のためにも、明日は必ず二人で出かけよう」

「はいはい。未来とか……ほんと、カズって大袈裟《おおげさ》……」

呆《あき》れた声と共に閉じられるドア。同時に、浮ついていた気持ちに蓋をする。

「ひとまず、来週の月曜は待ちに待った席替えだ」

できることならば天田《あまだ》と離れた席になりたいのだが、一度目の人生ではどうだっただろう？

残念ながら、そこまで覚えていない。そもそも、これだけ様々な変化が起きている二度目の人生だ。席替えの結果も一度目の人生とは異なる可能性があるし、俺は不幸に愛され過ぎているので、再び天田《あまだ》と前後になる覚悟も決めておいたほうが良《い》いと思う。

なら、そこについては加味せずに今後のことを考えるか。

月山《つきやま》を無事に封じた結果なのか、今日のところは天田《あまだ》やヒロイン達に動きはなし。

だけど、間違いなく月山《つきやま》の件は情報共有がされているだろうし、何かするつもりがなくなったのではなく、むしろ作戦を考えて準備していると思ったほうがいいだろう。

少しだけ状況は良くなったが、月山《つきやま》を封じたところで天田《あまだ》の戦力はさほど落ちていない。

なにせ、本当に恐ろしいのは射場《いば》を筆頭とした、天田《あまだ》に恋するヒロイン達なのだから。

射場《いば》や牛巻《うしまき》は、外見もさることながら、しっかり者の性格や、勝気な性格も相まって、それぞれがクラスのリーダー的なポジション。特に倫理観ぶっ壊れ鬼畜頭脳派の射場《いば》に対しては最大限の警戒心をもって対処するつもりだが……現時点で最も厄介なのはこの二人ではない。

蟹江心《かにえこころ》だ。

あいつは、男子の庇護欲《ひごよく》をそそる外見と性格をしている。

これは俺の個人的な考えだが、世の中で最も味方を作りやすい人間というのは、「かわいそうな人間」だと思っている。人間はかわいそうな奴《やつ》を助けることで、自分の承認欲求を満たす側面があるからな。だからこそ、今朝の月山《つきやま》に対する手法は蟹江《かにえ》には決して通用しない。

あんなことをしようものなら、あっという間に俺が悪者になるだろうからな。

もちろん、俺にだってアドバンテージはある。未来で得たヒロイン達の情報だ。

一度目の人生で、俺は天田《あまだ》から天田《あまだ》のラブコメ話を嫌って程聞かされていた。

そして、当時は羨望《せんぼう》の念を抱いていた俺は、あいつから聞かされた話を全て覚えている。

その中には、ちゃんとあったんだよ。それぞれのヒロインの弱点がな……。

「一人ずつ確実に潰してやる。可愛《かわい》いからって、何でも許されると思うなよ……」

お前らの下らないラブコメに巻き込まれて、俺の家族はぶっ壊されたんだ。

今度は、俺がお前らのラブコメをぶっ壊してやる。

覚悟しとけよ、天田《あまだ》。たんまりと、教え込んでやるからな。
お前がラブコメ主人公の皮を被《かぶ》った、ただの小悪党だってことを。

【天田《あまだ》照人《てるひと》（一）】

子供の頃から、俺はアニメや漫画が好きだった。

両親が元々その手のものを好んで集めていたことが原因だろう。

だから、物心がついた時から憧れていた。物語の、主人公という存在に。

子供の頃って、みんなそうだろ？

誰しもヒーローに憧れて、自分もそうなりたいって思うよな？

その中でも、俺が一番憧れていたのがラブコメ主人公だ。

だって、楽じゃないか。バトルものの主人公は、立派な血統とか才能が必要だし、辛《つら》い訓練をこなさないといけない。ミステリーものの主人公は、頭が良くないと無理だ。

でも、ラブコメ主人公って違うんだよ。

何もしなくていい。才能がなくても、努力をしなくても、外見が良くなくても、それなりに性格が良ければ都合よくヒロインと恋愛ができる。

バトルものみたいに死ぬような目にもあわないし、ミステリーものみたいに殺人事件とかに巻き込まれずに済む。安全な世界で、幸せになれるんだ。

といっても、子供心に理解はできていた。

そんな都合よく、美少女と出会えることなんてあるわけない。

しかも、ヒロインってのはとにかく特殊な出自の奴《やつ》が多い。そんな相手と出会うなんて、それこそ宝くじで一等を当てるよりも難しいことだ。だから、憧れはあくまでも憧れのまま。

心の中で、そうなれたらいいなぁなんて思いながら、平和な子供時代を過ごしていたよ。

あの子に、出会うまでは……。

氷高命《ひだかみこと》。

初めて会ったのは、小学校に入学する少し前。

うちから、一〇分程歩いたところにある公園だった。

ビックリしたね。こんなに可愛《かわい》い女の子が、この世にいるんだって。

たった一人で遊ぶ命《みこと》に、俺は声をかけた。すぐに仲良くなれたよ。

それから、命《みこと》について知るために、うちの親を含めた近所の大人達から命《みこと》の事情を聞いた。

命《みこと》は、母親と血の繋《つな》がりがない。……父親の愛人が産んだ子供だったんだ。

命《みこと》の父親は、よく言えば仕事熱心。悪く言えば、家庭を顧みない男だった。

家庭よりも仕事を優先。出張も多かったみたいで、一軒家を購入したにもかかわらず、まともに家にいる時間のほうが少なかったみたいだ。だけど、金だけはたっぷりと稼いでくるものだから、奥さんも強く出ることはできず、何も言えなかった。

そんな中で、事件が起きた。

父親は、出張先で出会った女と不貞行為に及んで子供を作ったんだ。それが命《みこと》。

そのまま愛人が命《みこと》を育てていれば良かったんだけど、愛人は命《みこと》を父親に押し付けて、姿を眩《くら》ましてしまったんだ。

やむを得ず、命《みこと》を引き取ることにした父親だけど、当然ながら奥さんは激怒。

父親は父親で、愛人に裏切られたと憤《いきどお》っていたらしい。

ただ、命《みこと》の父親も母親（って呼ぶのか？　血は繋《つな》がってないけど……まぁ、いいか）も最低限の道徳心と理性があったため、命《みこと》に対してどうこうしたわけではない。

子供に罪はないと、ちゃんと命《みこと》を育てることにしたんだ。

だけど、そこに愛情はなかった。ただの義務感で育てていただけ。

母親は、自分と血の繋《つな》がっている命《みこと》の姉に対しては愛情をもって接するが、命《みこと》には事務的に接する。父親は、金を出すだけ。以前よりも仕事へのめり込むようになった。

命《みこと》は、両親に愛されていないことを幼心《おさなごころ》に感じ取っていた。

愛のない家に帰りたくなくて、独り公園で時間を潰していたわけだ。

これこそ、まさに運命だ。俺の下に神様が、命《みこと》を運んできてくれたんだ。

この時、俺は確信した。

自分は、宝くじよりも当せん確率の低いラブコメ主人公になる権利が当たったんだと。

命《みこと》は、俺に愛され俺を愛するために、不幸な生活をしてくれているんだ。

任せておけよ、救世主になって君を幸せにしてやるからさ。

出会った日から、毎日公園に遊びに行った。俺は、笑顔で命《みこと》に話しかけた。困っている女の子を放っておかず、手を差し伸べるなんて超善人だ。命《みこと》は、もう俺が好きなんだろうな。でも、お互いにまだ子供同士だし、今からどうこうしようってわけじゃない。あと、命《みこと》の家庭問題を解決しようとするとか、絶対ダメ。

そもそも、まだ物語は始まっていないんだ。今はまだ、物語のプロローグにすらなり得ない、物語冒頭から命《みこと》が俺を好きになるまでの準備段階だからな。

命《みこと》には、ちゃんと家庭で苦しんでもらわないと。大丈夫、最終的には俺が助けるから。

そう思って、命《みこと》と接していた。……あいつが、現《あら》われるまでは。

その日は日曜日だった。朝から親に連れられておばあちゃんの家に遊びに行って、夕方近くに家に帰ってきた後、命《みこと》に会いに公園へ向かった。だけど、俺は声をかけられなかった。見てしまったからだ。今までに見たことのないような笑顔を浮かべる命《みこと》を。

命《みこと》は、俺の知らない兄妹《きょうだい》と遊んでいた。

男は俺と同い年くらいで、女は俺より少し年下。

思わず、その場に隠れて三人の様子を窺《うかが》った。

いつもとは違う、幸福感と憧憬をない交ぜにしたかのような命《みこと》の眼差《まなざ》し。

俺といる時に、あんな顔をしたことなんて一度もない。子供心にすぐに分かった。

命《みこと》が、その男に対して特別な感情を抱いていることは。

何やってんだよ？　俺が命《みこと》を先に好きになったんだぞ。命《みこと》は俺を好きになるんだぞ。

どういう会話が為《な》されたかは知らないが、男は命《みこと》にプレゼントを渡していた。

着けていたリストバンドを、命《みこと》へと手渡したのだ。

それを命《みこと》は嬉《うれ》しそうにはめていた。メチャクチャ腹が立ったね。

周囲の大人に、あの男は誰かと聞いてみた。すると、この辺に住んでない奴《やつ》だと教えてもらった。どうも、親に連れられて、たまたまこの近くにやってきただけらしい。

住んでいる場所も確認したら、うちからは結構離れた駅だった。

少しして、男の父親が迎えに来て、その兄妹《きょうだい》は命《みこと》に手を振って帰っていった。

去《さ》り際《ぎわ》に父親が言っていた「かずきくん」という名前は絶対に忘れられない。

翌日、俺は何も知らないフリをして、そのリストバンドが欲しいと命《みこと》にねだった。

俺のヒロインなのに、別の男からのプレゼントを身に着けているなんて有り得ない。

何も知らないフリをして、奪い取ってやる。

本来ならヒロインを苦しめるなんて、主人公にあるまじき行為だが、今なら大丈夫だ。

だって、まだプロローグすら始まっていないんだ。何をしたって、問題ない。

命《みこと》は嫌がった。あんなにも抵抗されたのは、初めてかもしれない。

必死に「とらないで！」と叫んでいた。それでも、俺は力ずくで奪い取った。

以来、命《みこと》は公園に現《あら》われなくなった——うん、これも問題なしだ。

ほら、物語でもよくあるだろ？　主人公と幼馴染《おさななじみ》が、子供の頃の小さないざこざで仲違《なかたが》いするって。でも、最後に幼馴染《おさななじみ》は必ず主人公を好きになるんだ。

つまり、今俺が紡《つむ》いでいるエピソードは、プロローグにはならないけど、過去回想には使われるシーンだってこと。より一層、ラブコメらしくなったじゃないか。最高だね。

しかも、命《みこと》と俺は同じ小学校。公園で会えなくなっても問題ない。

それに、あの男……かずきくんは小学校にいないんだ。

だとしたら、かずきくんは俺と命《みこと》がトラブルを起こすための装置だったのだろう。

物語を正しく成立させるための装置。なら、その手順に則《のっと》って行動してやろう。

俺は決して、命《みこと》に愛情を注ぐのをやめなかった。

どれだけ拒絶されても、命《みこと》に笑顔で接する健気《けなげ》な日々を過ごすのも楽しかった。

小学校の時も、中学校の時も、卒業式の日に命《みこと》に告白をしたけど、にべもなく断られた。

さすが、命《みこと》だ。ちゃんと物語というものを分かってくれている。

物語の本番は、高校生になってからだもんな。ここで、俺と命《みこと》は結ばれるんだ。

そう思って、臨んだ比良坂《ひらさか》高校の入学式。

プロローグにすらなり得ない物語は終わりを告げて、ようやくプロローグが始まる。

今日から、本当のラブコメが始まるんだ。

そう信じていたというのに……俺にとって、最悪な事態が起きた。

なにせ、いたのだから。装置でしかなかったはずの……かずきくんが。

出会ったのは一日だけ。顔を見たのはすれ違いざまの一瞬だけ。

それでも、俺はその顔を決して忘れなかった。脳裏へと刻み込んでいた。

あの時の憎しみを決して忘れないように、今でもリストバンドをはめていた。

もしかしたら、人違いかもしれない——いいや、違う。答えを与えてくれたのは命《みこと》だ。

どうやら命《みこと》もかずきくんを覚えていたらしく、あの時の、俺には一度も見せてくれたことのないあの表情をかずきくんに向けていた。

なにやってくれてんだよ？　主人公は俺だぞ？　なんで、この学校にいるんだよ。

怒りで狂いそうになる感情を必死に抑え込んで、俺は考えた。

このままではまずい。このままでは、命《みこと》とかずきくんの物語が始まってしまうかもしれない。

どうする？　邪魔をするのはダメ。主人公にあるまじき行為だ。

それなら、かずきくんを脇役《モブ》に落としてしまえばいいんじゃないか？

物語でもそうだ。主人公は、最初はパッとしない脇役《モブ》とつるんでいるんだ。

だけど、気づけばヒロイン達と接する時間が長くなって、脇役《モブ》は登場しなくなる。

それに、命《みこと》はかずきくんを好きなんだから、かずきくんと仲良くしておけば俺とも関わらざるを得なくなるだろう。そうしたら、気づくはずだ。誰が、本当の主人公かに。

そうだ。かずきくんを利用しよう。利用して、最後に俺が命《みこと》を手に入れればいい。

決意をした俺は、入学式を終えた後、好都合にも後ろの席にいたかずきくんに声をかけた。

ほんと、俺って運がいいよな。当たり前か、主人公だし。

「俺、天田照人《あまだてるひと》。よろしくな」

「あ、俺、石井和希《いしいかずき》。よろしく……」

石井《いしい》は、あっさりと俺と交友関係を結んだ。

しかも、俺にとって好都合だったのは、石井《いしい》が命《みこと》のことを忘れていたことだ。

ただ、それでも命《みこと》の外見に惹《ひ》かれて興味を持ったみたいだけどな。

まったく、外見にだけ興味を持つなんてゴミだな。俺は、ちゃんと命《みこと》の内面も含めて愛しているんだ。やっぱり俺が主人公で、石井《いしい》は俺を引き立てる雑魚脇役《ざこモブ》だ。

それから先、まるで神様が「お前が主人公だ」と言わんばかりに、比良坂《ひらさか》高校では俺に好都合なイベントが発生し続けた。

比良坂《ひらさか》高校は女子の外見のレベルが平均よりも高くて、しかも美少女は決まって特殊な悩みを抱えていた。そこに無害な脇役《モブ》のフリをして近づけば、簡単に攻略できる。

といっても、主人公の俺じゃなきゃ不可能だけど。サブヒロインも着実に増やした。

ラブコメには必須の存在だし、万が一ではあるが、俺が物語を勘違いしていて命《みこと》がメインヒロインじゃない可能性もあるからな。保険は大切。ヒロインは多ければ多い程いい。

そして、比良坂《ひらさか》高校に入学して一年と少しで俺の環境は完成した。

自分の気持ちに素直になれないメインヒロイン、氷高命《ひだかみこと》。

イケメンだけど、少し乱暴な性格が災いして徐々に人気のなくなった月山王子《つきやまおうじ》。

俺に一途《いちず》な想《おも》いを抱いて、俺の悩みを勝手に解決してくれる便利なヒロイン達。

尺埋め程度に交流する、石井《いしい》を含めた脇役《モブ》達。

まさか、こんなに上手《うま》くいくなんて——と普通の奴《やつ》なら思うだろうけど、俺は違うね。

俺はラブコメ主人公なんだ。だから、こうなって当然なわけ。

もちろん、ヒロイン達の気持ちには気づいていたけど、気づかないフリをする。

主人公ってのは、鈍感じゃないとな。

ただ、どれだけラブコメイベントをこなそうと、どうしても命《みこと》が俺を好きにならない。

必死にアピールしているのに、絶対に石井《いしい》を最優先にするんだ。

このままでは、正しいエンディングに辿《たど》り着《つ》けない。メインヒロインにフラれた後、サブヒロインと付き合うエンディングだってありだけど、まだ諦めるには早い。

とにかく、石井《いしい》が邪魔なんだ。だったら、どうする？　消すしかないよな。

喜べ、石井《いしい》。お前は物語でそれなりにいい立ち位置にしてやるよ。

ほら、視聴者の好きな展開だろ？　気の良い《い》脇役《モブ》友達が、実は裏切り者だって展開は。

よし、そうしよう。ラブコメとは少し違う気がするが関係ないね。

少しくらい別ジャンルの要素を取り入れたほうが、斬新さが出るってもんだ。

俺のラブコメでは悪を断罪する、かっこいい主人公のシーンを入れるってわけだ。

筋書きとしてはそうだな。過去に好きだった男が悪に染まって絶望するメインヒロインが、ようやく自分のそばで支え続けてくれた男の存在に気がつくって感じにしよう。

そして、俺はやり遂げた。

ヒロイン達に悩みを相談するフリをしたら、あいつら簡単に動くんだぜ？

私達に任せてってさ。あざーす。

そうして、ヒロイン達は石井《いしい》を意図的に罠《わな》にはめて、ヤツを陥《おとし》れた。

すごいんだぜ？　ヒロインの連中、俺にまで嘘《うそ》をついて「石井《いしい》に脅されて、写真を撮られた」とか言ってくるんだからさ。いやいや、バレバレでしたよ？　まぁ、乗りますけど。

そうして、俺はヒロイン達がセッティングしてくれた舞台に立ち、石井《いしい》を断罪した。

めっちゃ気持ちよかったよ。あいつ、家族も全部失って最後は自殺したんだぜ？

ま、主人公の邪魔をした雑魚脇役《ざこモブ》は消えるものだからな。物語としては当然の結末だ。

さぁ、あとは命《みこと》を攻略するだけ――のはずだったんだけどな。

びっくりしたよ。石井《いしい》が死んだ三日後に、命《みこと》も自ら命を絶つなんて……。

おっかしいなぁ。あいつ、メインヒロインじゃなかったのか？

【天田《あまだ》照人《てるひと》（二）】

なんでだ！　なんで、こんなに上手《うま》くいかないんだ⁉

俺は主人公だろ？　主人公なのに、どうしてこんなに不都合なことばかり起きるんだよ！

入学式で再び出会った石井《いしい》和希《かずき》。出会ったこと自体は最悪だったが、すぐに対処した。

物語の主人公である俺には、当たり前のように好都合な展開が待ち受けている。

予想通り、石井《いしい》とは同じクラスで席も近い。友達になるにはうってつけだ。

だから、石井《いしい》を脇役《モブ》ポジションにしてあげようと、友好的に接した。

なのに、あいつは何度こっちが歩み寄っても、徹底的に拒絶するんだ！

だから、特別に譲歩してやった。

最初は雑魚脇役《ざこモブ》ポジションにする予定だったけど、親友ポジションに格上げしてやった。

ラブコメの親友なんて一人でも多いくらいなのに、二人にしてやったんだぞ。

だというのに、あいつはそれすらも拒絶した。それどころか、いつの間にか命《みこと》と親密になっていて、俺とは仲良くしないとまで言いやがった。

まるで、石井《いしい》が主人公で、俺が脇役《モブ》みたいなポジションじゃないか。

そんなはずはない、俺は主人公だ。

その証拠に、ツキは親友になったし、ヒメもモーカもコロも簡単にサブヒロインになった。

だったら、石井《いしい》は何なんだ？　俺が主人公なんだから、あいつが主人公なはずがない。
事あるごとに邪魔をしてくる鬱陶しい悪役のようで……あぁ、そういうことか。
どうやら、俺は大きな勘違いをしていたらしい。
そっか……。石井《いしい》は、最初から脇役《モブ》でも親友でもなかったんだ。
物語の序盤に出てくる、俺を引き立てるための悪役だったんだ。
ほら、バトル漫画とかでよく出てくるじゃないか。
主人公の力を示すためだけに存在する、都合の良《い》い悪役が。
なるほど。これは、主人公としてあるまじきミスだ。
序盤の悪役は、主人公との力量の差に気づかずに、必ず敵意をむき出しにしてくる。
どれだけ主人公が友好的に接しても、難癖をつけて敵対してくる。
それが、石井和希《いしいかずき》。道理で、どれだけ頑張っても仲良くなれないわけだよ。
なぁんだ。全て、物語の通りだったんじゃないか。
ツキがあいつに言い負かされたのも、俺を引き立てる前準備。
なら、主人公としてやるべきことは一つだ。
ヒロインと協力して、悪い奴《やつ》をやっつけないといけないな。

第六章

ラブコメに打ち勝つことが、最も偉大な勝利である

月曜日のHR。遂《つい》に、俺の待ち望んでいたイベントがやってきた。

席替えである。無事に天田《あまだ》と席が離れることができて、ひと安心。

これからは、煩わしさから解放されて安全に復讐《ふくしゅう》を企てられる——なんて思っていたが、

「…………よしっ」

隣で、小さくガッツポーズをとる小娘が一人。蟹江《かにえ》である。

席替えにより、天田《あまだ》と離れることに成功した俺ではあるが、今度は蟹江《かにえ》が隣になった。

しかもこの小娘、狙って俺の隣に来たのである。

俺の引き当てた席は、一番前という不人気席。すると、どうだろうか。

当初は最後尾だった蟹江《かにえ》が、「自分は体が小さいから前の席がいい」と申告を行い、俺の隣になっていた女子生徒と席を交換したのだ。結果として、俺と蟹江《かにえ》は隣同士に。

天田《あまだ》はちょうど教室のど真ん中辺りの席で、氷高《ひだか》は前から二番目。月山《つきやま》は再び氷高《ひだか》の隣という、男子からしたら非常に羨ましいポジションになれたのだが、先日の女子からのひそひそ話の恐怖が残っているのか、「目が悪い奴《やつ》、席を替わるぞ」と交換を申し出て後方の席へ。

そんな俺にとって好都合でもあり、不都合でもある席替えを終えたわけだが、気を抜いてい

る暇はない。むしろ、今まで以上に気を引き締めるべきだろう。

蟹江《かにえ》が俺の隣に来た。つまり、スリースターズが何かを仕掛けてきているということだ。

だが、これは俺としても有難《ありがた》い展開でもある。

そもそも、俺の復讐《ふくしゅう》は能動的に動けないのだ。自分から進んで復讐《ふくしゅう》をしてしまうと、優秀なヒロイン達に嗅ぎ付けられて、即座に断罪の対象になってしまうだろう。

それこそ、向こうの思うつぼ。

だからこそ、やるのは迎撃戦。先日の月山《つきやま》のように、仕掛けてきた相手を確実に仕留めることで、天田《あまだ》のハーレムをぶち壊してやるのだ。

◇　◇　◇

――なんて、意気込んでいた俺なのだが、出鼻を挫《くじ》かれた。

「こないだはごめん！　あたしが、悪かった！」

「先日は大変申し訳ありませんでした」

一限の授業が終わった直後の休み時間。教師が出ていったタイミングで、一年Ｃ組の教室で奇妙な出来事が起きた。なんと、牛巻《うしまき》と射場《いば》が俺の下へやってきて謝罪をしてきたのだ。

いったい、どういうことだ？

絶対に反省してないだろ――そんなことを思いつつも、こうもハッキリと謝罪をされてしまうと、こちらも体裁上は許さざるを得ない。

「いや、大丈夫だよ。次から気をつけてくれれば……」

「本当か？　ありがとな！」

頭を上げた後、明るい笑みで礼を言う牛巻《うしまき》。射場《いば》も穏やかな笑みを湛《たた》えている。

仲直りの印と言わんばかりに、牛巻《うしまき》が俺にプロテインバーを手渡してきた。

「よかったら、これ食ってくれよ。あたしのお気に入りのやつだ」

「モーカさん。こういう時は、もう少し女性らしいお菓子のほうが良《い》いと思いますが？」

「いいんだよ。女らしくよりもあたしらしくだろ？」

まさか、これを機に俺と仲良くなろうと目論《もくろ》んでいるのだろうか？

言っておくが、俺はお前達と仲良くするつもりなんて毛頭ないぞ。

特に射場《いば》、お前とだけは絶対にだ。そう思い、警戒を高めていたのだが……

「っと、そろそろ時間だな。じゃあな、石井《いしい》！」

「失礼しますね、石井《いしい》さん」

二人は、それ以上何をすることもなく、笑顔のまま教室を出ていった。

すると、今度は隣の蟹江《かにえ》がジッと俺を見つめて、小さく頭を下げた。

「私もごめんなさい」

分からん。いったい、何を企《たくら》んでいる？

◇◇◇

昼休みになったので、俺は教室から出て食堂の屋外テーブルで昼食をとることに。

すると、隣にいる氷高《ひだか》が、不安そうな表情で俺に問いかけてきた。

「かずぴょんは、あの子達と仲良くしたいの？」

「絶対に嫌だ。そもそも、いきなり態度が変わり過ぎて不気味に思ってる」

一限の後の休み時間以降、射場《いば》や牛巻《うしまき》が俺のところに来ることはなかった。

蟹江《かにえ》は途中の授業で、教科書を忘れたから見せてほしいと言ってきたので、一度だけ机をくっつけて教科書を見せてやったがそれだけ。他に目立つ動きはこれといって何もない。

どう考えても、おかしい。先週までのあいつらだったら、もっと露骨な行動をしてくると思ったのだが、予想に反して異常なまでに大人しい。

「不気味？」

「だって、そうだろ？　先週にあんだけ揉《も》めたのに、いきなり手の平を返したみたいに謝られても、不気味じゃないか」

「かずぴょんと仲良くなりたいのかもしれないよ？」

「ないな。俺は女子から好かれる要素が壊滅的に少ない」

「それは過小評価だよ。私は、かずぴょんが大好きだもん。かずぴょんの魅力に他の子が気づいたとしてもおかしくない。というわけで、先手を打って既成事実を――」

「作りません」

「……無念」

大分慣れてきたのか、以前のような片言ではなくなった氷高《ひだか》だが、その分アグレッシブさに磨きがかかっているような気がする。

今朝なんか、母さんと一緒に朝食を作ってたし。

いや、自分の家族とはどうなってんだよと、心の中でツッコんでおいた。

「あっ！　いたいた！　おーい、石井《いしい》！」

その時、少し離れた所から活発な声が聞こえてきた。牛巻《うしまき》だ。射場《いば》や蟹江《かにえ》も一緒にいる。

俺と氷高《ひだか》を発見して、嬉《うれ》しそうな顔をして近寄ってきた。

「あたしらも一緒に飯を食っていいか？」

「嫌だ」

「え～。そう言うなよ。ほら、あたしとお前の仲だろ？」

「お館様と無惨様にも劣るが？」

「そこまでひどいのかよ！」

当たり前だ。謝って、プロテインバーを渡した程度で仲良くできると思うな。

俺の隣の氷高《ひだか》を見てみろ。凄《すさ》まじい凍気を発しているだろ。

大体、天田《あまだ》はどうした、天田《あまだ》は。大人しくラブコメしてこいよ、ほんとに。

牛巻《うしまき》が機嫌を損ねた顔をしていると、すかさず射場《いば》が会話に介入してきた。

「モーカさん、嫌がっているのに強要してはダメです。ちゃんと話し合ったではないですか」

「まぁ、そうだけどさ……。わーったよ、邪魔して悪かったな！」

それだけ告げると、牛巻《うしまき》は大股でドシドシと去っていき、射場《いば》と蟹江《かにえ》は小さく頭を下げた後に牛巻《うしまき》へ続いていった。三人が去ったタイミングで、俺は氷高《ひだか》へと問いかける。

「どう思う？」

「怪しいところがものすごく怪しい」

「すまん。もう少し詳しく解説してもらってもいいか？」

「かずぴょんの言った通り、急に仲良くしようとしてくるなんて怪しい。でも、あいつらはかずぴょんが嫌がるのを最初から分かってたと思う。絶対に失敗するって分かってて仲良くしようとしてくるのが、もっと怪しい」

「なるほど。そういえば、随分とあっさり引き下がったな……」

「かずぴょんはどう思った？」

「ん〜。そうだな……」

そこまで言ったところで、俺はつい言葉を止めてしまった。

牛巻《うしまき》達の怪しい行動について、思うことはある。ただ、それを氷高《ひだか》に告げることは正しいのだろうか？　天田《あまだ》の想《おも》いもあって必然的に巻き込まざるを得ない側面はあるが、それでも俺は、できる限り氷高《ひだか》を復讐《ふくしゅう》に巻き込みたくない。

だとすると、あまり色々と言うのは……氷高《ひだか》が両手で俺の右手を温かく包み込んだ。

「かずぴょんの優しさは伝わってるけど、さみしいよ」

「え？」

「私を巻き込みたくないから、何も言わないようにしてるでしょ？」

「その……これは、俺の個人的な事情だし……」

「かずぴょんの事情は私の事情。守ってくれるのは嬉《うれ》しいけど、蚊帳《かや》の外はさみしいな」

「……あんまり深入りしないでくれよ？」

「ん。私はお話を聞く担当だもんね」

氷高《ひだか》の笑顔が、射場《いば》達の笑顔と異なり、優しく感じられるのは、俺が氷高《ひだか》を自分の味方だと心から信じているからだろう。ただ話を聞いてくれるだけで安心できる。

一度目の人生でも、二度目の人生でも、俺は氷高《ひだか》に助けられてばかりだ。

「俺と仲良くなるように見せかけて、氷高《ひだか》と仲良くなろうとしているのかなって思ったんだ。ほら、そうすれば天田《あまだ》も……」

「有り得なくもない。でも、それにしてもあっさり引き下がりすぎ」

「だよなぁ」

もし、本気で天田《あまだ》のために行動しているのなら、多少は強引になるのではないだろうか？

特に、牛巻《うしまき》は感情のままに行動するタイプの女だ。

そんな牛巻《うしまき》があっさり引き下がるということは、恐らく裏で射場《いば》が何かを仕掛けている。

あの時のように、今回も俺に気づかれないように……。

「かずぴょん、大丈夫？」

「あ、ああ……。まぁ、大丈夫だ……」

ダメだな。やはり、俺は射場《いば》が恐ろしくて仕方がないらしい。

「無理はしちゃダメだよ。本当に大変な時は、勝手に頑張るから」

「そうならないよう、気をつけるよ。俺としても、この問題は早めに解決したいからな」

時間をかければかける程、天田《あまだ》のハーレムは増強されていくんだ。

ヒロインが三人の内に決着をつけられなければ、恐らく俺が負ける。

そのためにも、射場《いば》の思惑通りにならないように注意しておかないとな……。

◇◇◇

木曜日。

分からん……。マジで、射場《いば》達は何を企《たくら》んでいるんだ？

月曜日から始まった、射場《いば》、牛巻《うしまき》、蟹江《かにえ》による謎の友好活動。

わざわざ他クラスの俺を訪ねてくるが、こっちが嫌そうな態度を示すとすぐに引き下がる。

ひたすらそれの繰り返し。他に周囲で変化は……あぁ、一つだけあったな。

天田《あまだ》と月山《つきやま》の交流がなくなったんだ。その原因は、氷高《ひだか》が調べてくれた。

最近ではクラスメートとの会話が減り、一人自席に座っていることが多くなった月山《つきやま》に対して声をかけ、「なぜ、天田《あまだ》と関わるのをやめた」と聞いてくれたんだ。

すると、氷高《ひだか》に話しかけられて舞い上がった月山《つきやま》は「俺がそばにいるとテルに迷惑がかかるって、射場《いば》から言われて」と吐露。

氷高《ひだか》自身は「まさか、あんなあっさり言うなんて……」なんて言っていたが、最近の月山《つきやま》は男子からも女子からも距離を置かれているし、寂しかったんだと思う。

ただ、この変化はヒロイン達の行動とは関係がないだろう。

むしろ、月山《つきやま》は邪魔だから外されたと考えたほうが正しい。

乱暴者だが正義感の強い月山《つきやま》は、射場《いば》にとっては扱いづらい存在だからな。

ただ、それが分かったところでスリースターズの狙いが分からないことには――

「石井《いしい》って、女とばっか話してるよな」

「へ？」

体育の時間、準備運動でたまたまペアを組んだ男子――小早川《こばやかわ》が俺にそう言った。

明らかに敵意のある態度だ。

「蟹江《かにえ》とは隣同士でよく話してるし、昼休みは氷高《ひだか》と一緒。他の時間も、射場《いば》とか牛巻《うしまき》とか人気のある女子と絡《から》んでんじゃん。男子とはほぼ絡《から》まないくせにな」

「え？　いや……」

周囲を確認すると、複数の男子生徒が僅かに鋭い眼差《まなざ》しで俺を睨《にら》みつけていた。

天田《あまだ》は我関せずの態度で別の男子とペアを組んで、準備運動をしている。

どうにも居心地の悪さを感じていると、小早川《こばやかわ》が俺にだけ聞こえる声で小さく呟《つぶや》いた。

「お前、うざいとこあるからな」

「………なるほどな」

状況は悪いが、展開は悪くない。

やってくれるじゃねぇか、射場《いば》。これが、お前の狙いだったわけか。

一度目の人生でも、射場《いば》は自分や他のヒロインが人気者であることを認識していた。

それは、今回の人生でも同じ。だからこそ、あいつは二段構えの作戦をとったんだ。

俺が、射場《いば》達の外見に惹《ひ》かれて仲良くなろうとすれば、そのまま俺を通じて氷高《ひだか》と友好関係を結び天田《あまだ》へと繋《つな》げる。失敗したとしても、氷高《ひだか》を筆頭に蟹江《かにえ》や牛巻《うしまき》、そして射場《いば》といった人気のある女子と交流のある俺の存在を男子生徒達は面白いと思わない。つまり、俺が孤立する。

最初から、まともな友達のいない俺は比良坂《ひらさか》高校で孤立した存在ではあるが、別に男子生徒から敵意を持たれていたわけじゃない。とりあえず、絡《から》まなくていい存在だった。

だが、男子生徒達が俺に敵意を持った時、俺は排除すべき存在となる。

そうして、追い詰められた俺に与えられる選択肢は二つだけ。

一つが、天田《あまだ》に助けてもらい、友好関係を結ぶ。

一つが、このまま男子に敵として認識されたまま、嫌がらせの対象になる。

そうすりゃ、俺が氷高《ひだか》に迷惑をかけまいと離れると考えたのだろう——ああ、もしかしたら、そんなピンチな俺を自分達が助けて仲良くなろうとしたのかもな。

いくら天田《あまだ》のためとはいえ、ここまでするか？　マジで射場《いば》は狂ってやがんな。

「聞いてんのかよ？　言っとくけど、ムカついてるの俺だけじゃないからな」

いやはや、見事な作戦だったよ、射場《いば》。

もしも一度目の人生であれば、俺は為《な》す術《すべ》もなくお前の術中にはまっていただろう。

だが、残念だったな。こっちには、ちゃんとあるんだよ。

お前らの知らない、未来の知識がな。

「気を悪くさせて、ごめん」

一度目の人生でも、小早川《こばやかわ》という男はこういう時に率先して行動する奴《やつ》だった。

けど、それが助かるんだよ。この都合の良《い》い必然を存分に利用してやろうじゃねぇか。

「ふーん。……で？」

簡単な謝罪だけじゃ納得しないことは予想通り。そもそも俺が謝ったところで、この問題は何も解決しない。なにせ、小早川《こばやかわ》の行動原理は嫉妬だ。

自分にとって都合の良《い》い展開にならない限り、ありとあらゆる難癖をつけて、俺を排除する動きをするだろう。というわけで——

「まぁ、そうだな。えっと、小早川《こばやかわ》だけじゃなくて……吉川《よしかわ》と大内《おおうち》もいいか？」

近くで俺と小早川《こばやかわ》の様子を見ていた二人の男子生徒へと声をかける。

なぜ、この二人を呼んだかって？　俺にとって、好都合な条件の奴《やつ》らだからだよ。

怪訝《けげん》な顔でこちらへとやってくる吉川《よしかわ》と大内《おおうち》、近くにいる小早川《こばやかわ》に対して俺は言った。

「助けてくれないか？」

◇　◇　◇

体育が終わった後の休み時間。

着替えを終えた俺が自分の席に腰を下ろしていると、隣の蟹江《かにえ》が声をかけてきた。

「あの、石井《いしい》君……」

「どうした？」

今日までの間に、俺なりに蟹江《かにえ》の行動を分析していた。

蟹江《かにえ》が俺に声をかけてくるのは、牛巻《うしまき》や射場《いば》のいない時――正確には、あの二人が一年C組の教室へとやってこれない時間だけだ。ちょうど、あいつらは次の授業が体育だからな。

「その……よかったら、今日のお昼休みなんだけど……」

射場《いば》よ、もう少し情報収集をすべきだったな。

おかげで、一番厄介な奴《やつ》を最初に潰すことができるよ。

「昼休みがどうかした？」

「え？」

蟹江《かにえ》が目を丸くする。

いつもであれば、声をかけられた瞬間に拒絶の態度を示す俺が会話に応じたからだ。

恐らく、こいつのプランでは俺に会話を拒絶されるはずだったのだろう。

「その、一緒にご飯を……」

ただ、会話に応じられてしまった以上、話し続けなくてはならない。

どこか不安そうな様子のまま、蟹江《かにえ》が俺に昼食を共にしようと誘ってきた。

その時だ。

「なぁ、それ、俺らも参加していい？」

小早川《こばやかわ》、大内《おおうち》、吉川《よしかわ》の三人が、すかさず俺達の会話に乱入した。

「え？　え？　ええ⁉」

突然の事態に困惑する蟹江《かにえ》。

小早川《こばやかわ》は決して下心を見せない優しい笑顔のまま、蟹江《かにえ》へと語り掛ける。

「昼休みに一緒に飯を食うんだろ？　俺らも交ぜてくれよ。ダメか？」

「その、ダメじゃないけど……」

蟹江《かにえ》の厄介なところは、その庇護欲《ひごよく》をそそる性格だ。

たとえ一〇〇％蟹江《かにえ》が悪かったとしても、俺が蟹江《かにえ》に対して怒りを示せば、男子連中は「そこまで怒らなくてもいいじゃないか」と蟹江《かにえ》の味方についてしまう。

だからこそ、こっちも邪険に扱えないわけだ。

そんな蟹江《かにえ》は、最終的に引っ込み思案な性格を克服し、男女問わず愛される比良坂《ひらさか》高校のマスコット的な存在になるのだが、それはまだ先の話。

現時点の蟹江《かにえ》は、天田《あまだ》に対して恋心を抱いているものの、肝心の引っ込み思案は直っておらず、男子からは密《ひそ》かな人気を集めているが、女子からはあまり快く思われていない。

「じゃあ、決まりだな」

「…………うん」

「よかったぁ！　断られたら、どうしようかと思ってたよ」

やむを得ず首を縦に振る蟹江《かにえ》。それを見て、小早川《こばやかわ》は大袈裟《おおげさ》に安堵《あんど》の息を吐《つ》く。

同時に俺と目を合わせ、「サンキュ」と口だけを動かしメッセージを送ってきた。

俺は小さく会釈《えしゃく》だけを返す。

「じゃあ、どこで食う？　教室でもいいけど……」

「えと、えと……」

おうおう、小娘が狼狽《うろた》えておるわ。まだ引っ込み思案の直っていない貴様には断れまい。

蟹江《かにえ》は、元々うちのクラスの男子から人気のある女子生徒だ。そして、現時点でも蟹江《かにえ》に対して淡い恋心を抱いている男子が複数人存在する。それが、小早川《こばやかわ》と吉川《よしかわ》と大内《おおうち》。

だからこそ、俺はこの三人に伝えたんだ。

――俺も射場《いば》達にいきなり絡《から》まれて困ってるんだ。だから、もしも俺が氷高《ひだか》以外の女子に絡《から》まれていたら、会話に交ざってくれないか？　できる範囲で良《い》いから。

小早川《こばやかわ》達に、理由もなく蟹江《かにえ》へ声をかける度胸はない。だが、大義名分があれば別だ。

自分達は、可愛《かわい》い女子生徒と仲良くなるために行動しているんじゃない。

困っている俺を助けるために行動しているのだと。

小早川《こばやかわ》達は、即座に承諾。加えて、誤解してごめんと謝罪までしてきた。

「じゃあ、教室で……」

オドオドと尋ねられたことに答える蟹江《かにえ》。

一度目の人生では、この三人にしつこく絡《から》まれ疲弊した蟹江《かにえ》を、天田《あまだ》が他のヒロインと協力して助け出し、蟹江《かにえ》自身も引っ込み思案が解消されて強い意志を持って誘いを断れるようになるのだが、それはまた別の話。今の蟹江《かにえ》に、この三人を拒絶する力はない。

さらに、その時のイベントで蟹江《かにえ》が疲弊した最大の原因は……

「あの子、また男子と話してるし……」

「てか、男子とだけ話してるよね。いつも」

「かわいそうなフリとか、マジうざい」

女子達からの怒りだ。人間は「かわいそうな人」は助けたいと思うが、「かわいそうなフリをしている人」に対しては強い敵意を抱く。

引っ込み思案で女子とほとんど会話をせず、男子とだけ話すぶりっこな女。

クラスの女子からは、蟹江《かにえ》がそんな風に見えているのだろう。

さて、そろそろ仕上げに入ろうか。

「あ。悪いんだけど、俺、昼休みは無理だ。別の約束があるから」

「そんな……っ！」

せめて、俺と過ごせればとでも思っていたのだろう。だが、それすらも断られた。

まるで、捨てられた子猫のような眼差《まなざ》しで、瞳に涙を滲《にじ》ませているが知ったことか。

最初に仕掛けてきたのはそっちだからな。大人しく小早川《こばやかわ》達と飯を食うがいい。

「そうなん？　じゃあ、石井《いしい》はなしか。ま、そっちも頑張れよ！」

「ああ。ありがとうな、小早川《こばやかわ》」

「あっ。あっ。……なんで……？」

いったい、いつの間に俺と小早川《こばやかわ》は仲良くなったんだ。どうして、自分が天田《あまだ》以外の男達と昼食を食べないといけないんだ。なぜ、クラスの女子達が怖い目で睨《にら》んでいるんだ。

様々な思考を巡らし、解決策を見出《みいだ》せなかった蟹江《かにえ》は、救いを求めて天田《あまだ》を見つめる。

だが、天田《あまだ》は決して介入しない。本当は蟹江《かにえ》の窮地に気がついているくせに、気づかないフリをして別のクラスメートと笑顔で会話をしている。

分かっているからだ、ここで介入すると自分の立場が危ういと。

おいおい、主人公。冷たいじゃないか。

ここは、自分の立場を犠牲にしてでも、ヒロインを助けてやれよ。

「……テル君」

結局、今も未来も変わらず、蟹江《かにえ》は天田《あまだ》に依存しすぎなんだよ。

本気で引っ込み思案を直したいんだったら、自分から行動すべきなんだ。

最後に、俺は何食わぬ顔をして小早川《こばやかわ》へ語り掛けた。

「小早川《こばやかわ》、今度タイミングが合ったら、飯を食おうぜ」

「ああ。よろしくな！」

蟹江《かにえ》はもう終わりだ。

これから、今までの鬱憤を晴らすかのように暴走した小早川《こばやかわ》達に絡《から》まれ続《つづ》ける。

そうなることは、一度目の人生が証明しているからな。

◇　◇　◇

金曜日。三限終わりの休み時間。

ひたすら小早川《こばやかわ》達に話しかけられている蟹江《かにえ》を無視して、俺はトイレへと向かった。

すると、その途中で牛巻《うしまき》が怒りの形相で待ち受けていた。

「あんた、コロに何をしたの？」

周囲を確認する。射場《いば》はどこにもいない。つまり、熱くなったこいつの単独行動か。

とりあえず、すっとぼけておこう。

「へ？　なんのことだ？」

「あんたのせいで、コロは――っ！」

一歩前へ、牛巻《うしまき》が近づいてくる。

何が俺のせいだ。そっちが先に仕掛けてきたくせに、よく言うじゃないか。

さて、どうするかな？

幸いにして、射場《いば》は近くにいない。今なら、牛巻《うしまき》を仕留められる可能性もある。

だとしたら、少し試してみるか。

「その、俺のせいってどういうことだ？」

「とぼけんな！　あんたが、あいつらをコロに近寄らせたんでしょ？」

「えっと、その通りなんだけど……それには事情があって……」

牛巻《うしまき》は感情的で猪突猛進《ちよとつもうしん》な奴《やつ》だ。それに釣られて、こっちも感情的になってはいけない。

乱暴な言い合いになったら、校内の人気の差で内容問わず牛巻《うしまき》に軍配が上がる。

かといって、冷静に対応すると、その態度自体が牛巻《うしまき》の感情を逆なでしてしまう。

そんな時は、あえて気弱な態度だ。自分が弱者であると、周囲や牛巻《うしまき》に思わせろ。

そうすれば、一見不利に見えても、こっちが有利に話を進められる。

「ちっ。……事情ってなに？」

ほらな。いつもなら人の話なんて聞こうともしない牛巻《うしまき》が事情を聞いてきたよ。

「俺、男子から怒られたんだよ。男子とはほとんど絡《から》まないくせに、射場《いば》とか牛巻《うしまき》とか蟹江《かにえ》とか、可愛《かわい》い女の子とばかり話してててムカつくって」

「────っ！」

告げた瞬間、牛巻《うしまき》の顔面が分かりやすく青くなった。

「けど、それは誤解だろ？　俺、牛巻《うしまき》達と仲が良《い》いわけじゃないし。だから、その事情を説明したんだ。そうしたら、あいつらが『俺達が誤解を解いてやる』って言ってくれて……」

「そん、な……」

一歩、また一歩と牛巻《うしまき》が足を後ろへと下げる。

そうだよ。お前達の行動が原因だったんだよ。

お前達はわざと俺と仲良くすることで、俺を孤立させようとしていたよな？

だから、それを逆手に取ってやったのさ。

「あいつら、俺の誤解を解くために頑張ってくれてるだけなんだけど……」

「うっ！」

牛巻《うしまき》、お前は猪突猛進《ちょとつもうしん》で感情的な奴《やつ》だ。そんなお前の一つ目の弱点は、善意に弱いこと。

もしも、小早川《こばやかわ》達が単なる下心で蟹江《かにえ》に近づいていたのなら、お前は激昂《げきこう》して一度目の人生の時のような行動を取っただろう。俺に対しても、明確な怒りを示しただろう。

だが、今回は違う。小早川《こばやかわ》達は俺のために、誤解を解くために、善意で行動している。

もちろん、それは偽りの大義名分で、実際には下心満載だけどな。

牛巻《うしまき》にはそんなことは関係ない。自分達の行動が原因で、蟹江《かにえ》が追い詰められた。

その事実に、苛《さいな》まれる。

「だから、あたしはこんな方法はやめようってヒメに……っ！」

牛巻《うしまき》が歯を食いしばりながら、小さな声で呟《つぶや》いた。

「え？　何の話だ？」

「……っ！　な、何でもない！」

やっぱり、この作戦は射場《いば》主導のものだったか。

まぁ、一度目の人生でも、射場《いば》と牛巻《うしまき》はぶつかることが多かったからな。

冷静に、汚い手段でも容赦なく選ぶ射場《いば》に対して、牛巻《うしまき》はよく反発していた。

それでも、最終的には天田《あまだ》のためにって折れるんだけどな。

「その、大丈夫か？　もしアレだったら、俺から天田《あまだ》に一度相談でも……」

「やめてっ！」

そうだよな。天田《あまだ》にだけは、知られたくないよな。

卑怯《ひきょう》な手段で俺を追い詰めようとしたなんて天田《あまだ》に知られたら、確実に嫌われると恐れているのだろう。

「テルには言わないで……。お願い……」

哀れな奴《やつ》だ。天田《あまだ》は、最初から全てを知っているというのにな……。

「分かった。……けど、あまりにも牛巻《うしまき》の様子が変だったら天田《あまだ》に相談するからな。その、別に仲良くはないけど心配ではあるからさ」

「ひっ！　……わ、分かった」

最初の勢いはどこへやら。普段の勝気な印象は影を潜め、恐怖のままに弱々しく頷《うなず》くだけ。

これで、牛巻《うしまき》も終わりだ。

天田《あまだ》を好き過ぎるがあまり、天田《あまだ》に嫌われることを恐れ過ぎている。

それが、お前の二つ目の弱点だよ、牛巻《うしまき》。

◇　◇　◇

月山《つきやま》に続き、蟹江《かにえ》、牛巻《うしまき》の動きを封じることに成功した。

ラスボス天田《あまだ》までに仕留めるべき存在は、残り一人。俺にとって最悪の……射場光姫《いばこうき》だ。

だが、射場《いば》を仕留めるための準備はほぼ完了している。

昼休み。教室を出ていった天田《あまだ》を尾行する。氷高《ひだか》も一緒だ。

さすがは、ストー……げふん。アグレッシブな努力家。

俺が「次の昼休みに天田《あまだ》をつけたい」と相談したら、「私の得意分野」と、どうすれば相手に気づかれずに尾行ができるかのノウハウを教えてもらえた。

代償に、しっかりとついてきてしまったが……。

そんなわけで、天田《あまだ》は俺や氷高《ひだか》の存在には一切気づかずに実習棟へと向かっていく。

そして、空いている部室へと入っていったところで、俺は氷高《ひだか》へ問いかけた。

「どこまで近づいても大丈夫だと思う？」

「入り口まで行っても問題ない」

「分かった……」

氷高《ひだか》の言葉を信じて、部室の入り口へ。耳を澄ませると中から会話が聞こえてきた。

「ごめんなさい、テルさん。上手《うま》くいきませんでした……」

「えっと、何の話？」

聞こえてきたのは、憔悴《しょうすい》した射場《いば》の声と、キョトンとした天田《あまだ》の声。

あくまで、知らぬ存ぜぬを貫くか。本当は、もう分かっているのだろう？

「その、正直にお伝えすると、石井《いしい》さんの件を私達で解決しようと思ったんです」

「え？　いや、別にいいよ！　その、あれは俺が悪いだけの話だし……」

「そういうわけにはいきません。テルさんには、恩がありますから」

「……ヒメ」

何やら甘酸《あまず》っぱい雰囲気が漂っているが、射場《いば》としては相当深刻な事態だろう。

蟹江《かにえ》は別のトラブルに巻き込まれて身動きが取れなくなった。さらに、ここに牛巻《うしまき》がいない
ということは、恐らく射場《いば》と牛巻《うしまき》は衝突したんだ。

射場《いば》は、普段は冷静で頼りになる奴《やつ》だが、自分の思い描いた通りにならないと冷静さを失う傾向にある。そして、追い詰められると必ず天田《あまだ》に相談していた。

「えっと、少し聞きたいんだけど、ヒメ達はどうやって解決しようとしたんだ？」

「はい。私達が、石井《いしい》さんと仲良くなってはどうかなと思って行動していました」

最初から全てを知っていながら、あえて尋ねる天田《あまだ》。

本来は別の目的があったというのに、それは伏せて偽りの目的を告げる射場《いば》。

互いに嘘《うそ》をつき合う、歪《いびつ》な会話だ。

「えっと、それで失敗したっていうのは？」

「仲良くなれなかったんです。それどころか、コロさんは別の男子生徒の方に絡《から》まれるようになり、モーカさんとは喧嘩《けんか》をしてしまって……ごめんなさい……うぅっ！」

「わっ！　泣かないでよ！　大丈夫！　大丈夫だから！」

よくもまぁ、そんな欲望まみれの涙を受け入れられるな。射場《いば》は落ち込んでいるのは本当だろうが、大袈裟《おおげさ》に演じているんだ。そうしたら、自分が天田《あまだ》と距離を縮められると思ってな。

転んでもただでは起きないその豪胆さには感服するが、その行動が命取りだ。

さっそく、ここのドアを開けて目撃者になってやろうじゃないか。

氷高《ひだか》が好きなお前は、俺にお前達二人のイチャつきを見られたらどう思うかな？

「ぐす……。テルさん……」

「平気だよ、ヒメ。俺は、絶対君の味方だから」

射場《いば》から今まで以上の恨みを買うのは恐ろしいが、この好機を逃すわけにはいかない。

が、その前に氷高《ひだか》には戻ってもらったほうが良《い》いだろう。

俺と氷高《ひだか》の二人が見つかるのは――

「かずぴょん、ちょっと向こうのほうに隠れてて」

「え？　ちょ、おま――っ！」

容赦なく鳴り響くドアを開ける音。

氷高《ひだか》の意図を瞬時に理解し、咄嗟《とっさ》に離れた場所へ隠れる俺。

いや、何をやってんだよ！　動くのは俺だって、言ってたじゃないか！

「え？　み、命《みこと》⁉」

「っ！　なんで、氷高《ひだか》さんが……」

聞こえてきた二人の声は、明らかに狼狽《ろうばい》していた。

そりゃ、天田《あまだ》からしたら最悪の展開だろう。なにせ、他のヒロインとイチャついているところを、本命のメインヒロインに目撃されてしまったわけだからな。

対して、氷高《ひだか》は冷静だった。氷の女帝に相応《ふさわ》しい冷たい眼差《まなざ》しで二人を見つめている。

「静かになれる場所を探してた。それだけ」

「そ、そっか……。あの、これは違うんだ！　別に俺達は――」

「どうぞ、ごゆっくり」

それだけ告げると、氷高《ひだか》は淡々とドアを閉めて去っていった。

慌てて追いかける天田《あまだ》と射場《いば》。だが、氷高《ひだか》は一切話を聞くつもりがないのだろう。

完全に二人の言葉を無視して、進み続けていく。

「聞いてくれよ、命《みこと》！　違うんだ！　俺達の関係は特別じゃなくて……っ！」

よほど動転しているのか、天田《あまだ》はまったく気づいていない。

その取り繕う言葉で、射場《いば》がどれだけ傷ついているかを。

次第に、射場《いば》の表情に絶望の色が濃くなっていき、瞳には涙が浮かび上がっている。

「ついてこないで。気持ち悪いから」

ハッキリとそう告げられた天田《あまだ》は、茫然《ぼうぜん》とその場に立ち尽くす。

隣では射場《いば》が必死に謝っていた。ごめんなさい、自分が呼び出したせいでと。

だが、余裕がなくなった天田《あまだ》は何も答えない。それから、少しすると……

「ごめん、ヒメ。しばらく、距離をとろう」

「――――っ！」

淡々とそう告げた後、天田《あまだ》はその場を去って行ってしまった。

残された射場《いば》は、その場にペタンと座り込み声を押し殺して涙を流す。

射場《いば》にとって、天田《あまだ》は大切な存在だった。たとえ自分が恋人になれなかったとしても、そばにさえいられればよかった。だが、それすらも叶《かな》わなくなってしまったんだ。

「どうしてですか？　どうして、こんなことに……」

当初の予定では、俺が二人のイチャつきを目撃することで、射場《いば》が自主的に天田《あまだ》と距離をとるようにしようとしていた。そうすれば、射場《いば》を封じ込めることができるだろうと。

だが、その役割を氷高《ひだか》が担《にな》ったことによって、想定以上の威力を発揮した。

まさか、天田《あまだ》から射場《いば》を切るとは思わなかった……。

背後から泣き崩れる射場《いば》を眺めていると、スマホにメッセージが届く。氷高《ひだか》からだ。

『私だって、ちゃんと活躍できるよ』

いや、まさかここまでの威力とは思わなかったよ。

けど、やっぱり氷高《ひだか》が動くのは……

『かずぴょん、あの女を怖がってると思ったんだけど……違った？』

うっ！　まさか、そこまで気づいているとは……。

『怖い時は、素直に怖がっていいんだよ』

くそう。本当に、いい女だなぁ……。

俺は射場《いば》に見つからないようスマホを操作し、氷高《ひだか》へ感謝を伝えた。

◇　◇　◇

日曜日。俺は、アルバイトに入っていた。

勤務時間は一四時から二二時まで。氷高《ひだか》はいない。

本人は入りたかったそうなのだが、人数の都合上、氷高《ひだか》は一八時から。

今は俺と別のバイトの人だけだ。

「いらっしゃいま……あ」

ある意味、最も平穏な時間を過ごしていると、自動ドアが開いて新たな客が一人。

天田《あまだ》だ。

どこか憔悴《しょうすい》した様子ながら、俺の姿を見つけると安堵《あんど》の笑みを浮かべる。

「今日、何時まで？」

「二二時」

商品も持たずレジへやってきて、俺へ話しかける。

幸いにして、今は客が少ないから対応は可能だが、それにしても妙な態度だ。

「そっか。休憩時間とかってあるか？」

そう言いながら、店内を見回す。恐らく、氷高《ひだか》を探しているのだろう。

ただ、残念ながら氷高《ひだか》はまだ来ていない。その行動は追及せずに答えた。

「あるよ、三〇分。暇な時にとってもらえると嬉《うれ》しいって言われてる」

八時間以上のバイトの際は、三〇分の休憩をとることができる。

どこでとるかはバイトの自由だが、基本は忙しくない時間帯だ。

「じゃあ、今からいけたり？」

「まだバイトに入って、一時間しか経《た》ってないから嫌だ」

「なら、休憩時間にもう一度来るよ。何時くらいになりそう？」

どうやら、天田《あまだ》の中では俺と話すことは確定事項のようだ。

できることなら断りたいが、無駄だろう。こいつは、絶対に諦めない。

それで氷高《ひだか》と鉢合わせるよりは……

「一六時三〇分だな。その時間から三〇分だけ休憩をとる」

「分かった。サンキュな」

それだけ告げると、天田《あまだ》はコンビニを去っていった。

◇◇◇

一六時三〇分。俺が休憩に入り事務所で制服を脱いで店内に戻ると、そのタイミングを見計らったように天田《あまだ》はやってきた。

カップラーメンと唐揚げ、それに水を購入し、イートインへ。俺は隣へと腰を下ろした。

「で、何の用だよ？」

「直球だなぁ。少しくらい待ってくれよ。まだ三分も経《た》ってない」

カップラーメンの上にスマホを置き、殊勝な笑みを浮かべる天田《あまだ》。

どこか諦観を漂わせるその雰囲気は、普段の天田《あまだ》とは少し異なる印象を覚えた。

三分経過。手首のリストバンドが汚れないようにするためか、袖口を少し伸ばした後、天田《あまだ》はカップラーメンを食べ始めた。外せばいいってのに。

ちょうど半分くらい食べ終わった頃に、ようやく重い口を開いた。

「石井《いしい》は、命《みこと》の気持ちを知ってるのか？」

「知ってるよ。理由は分からないけどな」

ごまかしても無駄だと判断した俺は、素直に答えることにした。

まぁ、とっくにバレてるだろうしな。

「そっか……。なら、どうして付き合わないんだ？　あんな美人だぞ？」

「外見だけで判断したくない。それだけだよ」

「性格だっていいだろ？　一途《いちず》で一生懸命でさ」

「まぁ、そうだな……」

ちょっと一途《いちず》過ぎると思ったりもするが、氷高《ひだか》は内面も含めて魅力的な女の子だ。

だけど、まだ俺は氷高《ひだか》の気持ちには応えられない。終わっていないからだ。

天田《あまだ》への復讐《ふくしゅう》がな。

「もしかして、俺に気をつか――」

「それはない」

「はやっ！　少しは間を置いてくれよ」

俺の反応が面白かったのか、天田《あまだ》がカラカラと笑う。

そのまま残っていたカップラーメンをまとめてすすると、水を一気飲みした。

「俺さ、自分が物語の主人公だと思ってたんだ……」

「は？」

「俺が主人公で、命《みこと》がメインヒロイン。幼馴染《おさななじみ》同士のちょっとトラブルもあるドタバタラブコメディ。そんな人生を歩めるんじゃないかなって思ってた」

「あ、ああ……」

以前に氷高《ひだか》から聞いていた。天田《あまだ》は、現実と創作物をごっちゃにしていると。

まさか、それを本人の口から聞くことになるとは思わなかったが……。

「でも、間違いだったんだな」

「当たり前だ。氷高《ひだか》は、お前にとって都合のいい登場人物じゃない」

もちろん、他のヒロイン達もだ。

「辛辣ぅ……。でも、その通りだよ……。ここ最近、それを思い知った」

「思い知った？」

「ああ。自分がラブコメ主人公なら、ヒロイン達が俺と一緒に頑張ってくれるはずだ。そうしたら、どんな壁だって越えられる。そう思ってたんだけど……」

天田《あまだ》が、俺の瞳を静かに見つめる。

「高すぎる壁は、越えられないものだな」

「…………」

「ぶっちゃけ、最初はイラついてたんだ。なんで、お前らはそんなにしくじるんだよって。でも、そんな風に考えること自体間違っていた。なにせ、俺は何もしてないんだから」

「他人任《ひとまか》せで無責任とかクズだな」

「分かってるよ。それを思い知った。気づいたら、みんないなくなってたしな……」

恐らく、それはスリースターズのことを指すのだろう。

金曜日の昼休みに射場《いば》を封じたことで、天田《あまだ》のそばにヒロインは一人もいなくなった。蟹江《かにえ》は小早川《こばやかわ》達に絡《から》まれ続《つづ》けて、牛巻《うしまき》は射場《いば》と喧嘩《けんか》をしてそれぞれ疎遠になり、最後の射場《いば》については天田《あまだ》自身が関係を断ってしまった。ある意味、こいつは一人になってしまったんだ。

「悪かった、石井《いしい》。俺は命《みこと》に近づきたくて、お前と仲良くなろうとしてたんだ。けど、そうやって他人を利用するのは間違いだって、今回の件で骨身に染《し》みた。だから……」

「だから？」

天田《あまだ》が歯を食いしばる。本当は、こんなことは言いたくないのだろう。

だが、ヒロインや親友を失ってしまった今の自分では、どう足掻《あが》いても逆転できない。

そう判断したからこそ、この言葉を俺に告げざるを得ないんだ。

「命《みこと》のこと、よろしく頼むよ。泣かしたら、許さないからな」

「知らん。俺と氷高《ひだか》の件は、お前には無関係だ」

「きっつぅ……。でも、まぁ、そういうことだから。俺はもう何もしない。何もできない」

冷静に返事をしながらも、内心ではかなり驚いていた。

まさか、あの天田《あまだ》がこうも容易《たやす》く諦めるとは……。

だが、本当にそうなのか？　本当に、天田《あまだ》は氷高《ひだか》を諦めているのか？

氷高《ひだか》は、追い詰められた天田《あまだ》が最も危険だと言っていたのだが……。

「信用できない言葉だが、一応聞いておいてやる」

「ははは……。そんな警戒するなよ、最後の作戦は昨日と今で、失敗したところだしな」

「どういうことだ？」

「実はここのバイトに応募したんだ。でも、不合格になった」

「…………っ！」

まさか、天田《あまだ》がそんな行動に出ていたとは。

けど、少し考えれば当たり前だ。天田《あまだ》はできる限り氷高《ひだか》といたいんだ。

氷高《ひだか》がここで働いていると知れば、自分も働きたいと考えるのは当然だろう。

「なら、『今』ってのはどういう意味だ？」

「自分の本音を伝えたら、石井《いしい》が絆《ほだ》されるか試してみたんだ。お前、ガード固すぎ。そんな攻略難度の高いヒロインなんて、一人もいないぞ？」

「俺は男だ」

俺の淡々とした返答に「そりゃそうだ」と天田《あまだ》が笑いながら答える。

もうすぐ休憩時間が終わる頃だ。それを悟ったのか、天田《あまだ》は立ち上がった。

「じゃあ、俺は行くよ。もうここには来ないから、安心しろよ」

「これから、どうするんだ？」

「そうだなぁ～……」

俺の問いかけに、天田《あまだ》はぼんやりと天井を眺めて思案する。

そして、程なく俺に笑顔を向けた。

「自分のやったことに、責任をとるよ。まずはヒメに謝るところからかな」

「そっか……。頑張れよ」

最後にそう言葉を交わすと、天田《あまだ》は俺へヒラヒラと手を振り去っていった。

まさか、こんな形で最後の決着がつくとは思わなかったな。

追い詰められた天田《あまだ》なら、最後の最後に自分で動いて何かを仕掛けてくると思っていたが、すでに仕掛けて失敗した後だったなんて……。

こうして、どこかしこりを残す形で、俺の復讐《ふくしゅう》は幕を閉じたのであった。

第七章
脇役よ　大志を抱け

時間が経《た》つのは早いもので、気がついたら五月になっていた。

相変わらず、友好関係に恵まれていない俺ではあるが、それは自分で選んだ道。

ただ、時折小早川《こばやかわ》達が声をかけてくれるようになった。

蟹江《かにえ》との距離を縮めるきっかけを作ったことに対する感謝からだろう。

感謝という純粋な感情から友情を向けてくれる小早川《こばやかわ》達には嬉《うれ》しいと思う反面、複雑な気持ちもある。なにせ、蟹江《かにえ》の現状は何一つ改善されておらず、今でも毎日のように小早川《こばやかわ》達から絡《から》まれて、女子のネットワークでは完全に浮いた存在になってしまっているからだ。

このトラブルを乗り越えるためには、他のヒロイン達の力が必須なのだが、天田《あまだ》自身がハーレムを形成することを諦めてしまった以上、もう蟹江《かにえ》はダメなのかもしれない。

そして、俺に敗北宣言をした天田《あまだ》だが、ある意味一度目の人生と同じ道を歩んでいた。

なんと、天田《あまだ》は『女子と都合よく仲良くなりたい連合』……略してツゴ連を結成したのだ。

メンバーは、俺を除いた一度目の人生と同じメンバー。最近では、休み時間も昼休みもツゴ連の連中とつるんでいて、月山《つきやま》やヒロイン達と交流することは一切ない。

あいつは主人公という立場を諦め、脇役《モブ》になったんだ。

射場《いば》や牛巻《うしまき》については、クラスが違うので詳しくは知らない。ただ、元々人気者の二人だからな。自分達のクラスでそれなりに楽しく過ごしているのだろう。

そして、氷高《ひだか》だが……ほんの少しだけ人間関係に変化が生じていた。

「なぁ、氷高《ひだか》。いいだろ？　頼むよ」

「嫌。お昼休みはかずぴょんと二人で過ごしたい」

氷高《ひだか》に昼食の誘いをはっきりと断られ苦悶《くもん》の表情を浮かべるも、まだ希望を捨てていないのか、そいつは俺のほうへと中々の勢いで近寄ってきた。

「石井《いしい》、頼む。俺も交ぜてくれ。大丈夫だ、一緒に飯を食うだけだから」

「なんか必死過ぎてキモいから嫌だ」

「ひどい！」

昼休み。俺達へ必死に昼食を懇願するのは、クラスのリーダー（だった）月山王子《つきやまおうじ》。

なぜ、月山《つきやま》がこんなに卑屈になってしまったかというと、それはこいつの現在でのクラスのポジションが大きく影響している。以前に俺とトラブルを起こした際、ひそひそ話の標的となった月山《つきやま》は、自らの立場を改善しようと男女問わずとにかくいい顔をしまくった。

クラスの連中を自分の家に招待しようとしたり、ゴールデンウィークに別荘でバーベキューをやろうと提案したりしたのだが、それがまさかの逆効果。

人気取りのために、親の力を使う卑怯者《ひきょうもの》というレッテルを貼られた月山《つきやま》は、本来であれば二年生になってから得るはずだった『がっかりプリンス』の称号を見事に獲得。

そんな月山《つきやま》の現在のクラスでのポジションは、進んで絡《から》みたくない面倒な奴《やつ》。

で、そうなった結果、月山《つきやま》は凄《すさ》まじい人間不信に陥った。

みんな、俺の外見と金目当てだったのかな？　悲しみに満ちた顔で俺に相談してきたので、

「性格に問題があるから、離れていっただけだろ」とはっきり伝えておいた。

そしたら、なぜだか懐《なつ》かれた。

「頼むよ。俺、他の奴《やつ》が信用できないんだ。その点、石井《いしい》と氷高《ひだか》は安心できるから」

「なんでだよ。俺は別にお前と仲良くなかっただろ？　むしろ、悪かったはずだ」

「だからこそだよ！　他の奴《やつ》は俺が話しかけると表面上は笑顔で対応するけど、腹の中では何を考えているか分からない。だけど、石井《いしい》と氷高《ひだか》は最初から俺を嫌ってくれていたから一緒にいて安心できる！　何でも正直に言ってくれるし！」

大分、拗《こじ》らせていらっしゃる……。こうも必死だと、少しかわいそうになってくるな。

「いいだろ？　お前の頼みだって聞いてるんだ。俺の頼みも聞いてくれよ」

それを言われると、ちょっと困る。

「はぁ……。ちょっと待ってろ、氷高《ひだか》に確認してみるから」

「よっしゃ！　これは勝った！」

俺からの頼みを氷高《ひだか》が断らないと確信しているのか、月山《つきやま》が小さくガッツポーズをする。

そのまま俺が氷高《ひだか》の席へ向かうと、ややドヤ顔でついてきた。

「あ～、氷高《ひだか》。昼休みなんだけど、月山《つきやま》も一緒でいいか？」

「石井《いしい》から許可が出ている以上、貴様に拒否権はないぞ、氷高《ひだか》！」

ほんと、そういうところだぞ。

氷高《ひだか》は面倒そうな表情を浮かべながら、ため息を一つ。

「分かった。心の底から面倒だけど、かずぴょんがそう言うなら仕方がない」

「そこまで嫌がることないだろ！　俺、何かした？」

「この世界に生《う》まれ出《い》づるという大罪を犯してる」

「おう……。陰口ではない容赦なき罵倒。心から安心できるぜ……」

「……これはひどい」

氷高《ひだか》に同意だ。陰口をたたかれ過ぎた結果、面罵を喜ぶとかもはや病気の一種だろ。

ただ、口や態度は中々にひどいが、氷高《ひだか》はそこまで月山《つきやま》を嫌がってはいない。

以前の氷高《ひだか》であれば、問答無用で月山《つきやま》の誘いを断っていたし、会話にもほとんど応じなかった。だけど、今はそれなりに月山《つきやま》と話しているし、邪険には扱うが拒絶以外の隙間も作ってくれている。興味本位で「月山《つきやま》は嫌じゃないのか？」と聞いてみたところ、「前よりはずっとマシ」と評価を改めていた。

恐らく、月山《つきやま》が以前のように下心満載の行動を取らなくなったことも原因の一つだろう。

傍目《はため》には非常に分かりにくいが、月山《つきやま》と氷高《ひだか》は少しだけ仲良くなっているんだ。

◇◇◇

昼休みの終盤、昼食を終えた俺達は少し早めに教室へと戻った。

次の授業は、D組と合同で行われる体育だ。

俺が自分の席で着替えていると、後ろにいる月山《つきやま》がブツブツと文句をこぼしている。

「そもそも、なんで俺がこんな立ち位置になってるんだ？　俺は、イケメンで社長の息子で、真《ま》っ直《す》ぐな性格をしているんだから、もっと人気があっていいはずだ」

「そんなこと言ってるからだろ」

「素直な男って、魅力的だと思わないか？」

「内容にもよる」

二度目の席替えで、天田《あまだ》とも蟹江《かにえ》とも無事に離れられた俺だが、今度は月山《つきやま》がついてきた。

圧倒的にくじ運の悪い俺は、またもや一番前の席。すると、一番後ろの席を当てた月山《つきやま》が
「席を交換しよう」と俺の一つ後ろの席になった男子に持ち掛けたんだ。

ずっと一緒だよ、と背後から野太い声が聞こえてきた時は震えたものだ。

「なぁ、石井《いしい》。どうやったら、俺の人気って戻るかな？」

「知らん」

そんな雑談をしながら、着替えを済ませた俺達は体育館へと向かっていった。

◇　◇　◇

帰りのＨＲを終え、放課後になった。

部活の準備をする奴《やつ》らや、教室で駄弁《だべ》る奴《やつ》ら、これからどこに遊びに行こうかと話し合う奴《やつ》ら。蟹江《かにえ》は小早川《こばやかわ》達から遊びの誘いを受けて、引きつった笑みで受け入れている。

そんな中、俺はバイトへ行くためにさっさと比良坂《ひらさか》高校を後にしようとしていたのだが、

「なぁ、石井《いしい》。ちょっといいか？」

天田《あまだ》が俺の下へやってきたことで、その動きを止めざるを得なくなった。

「どうしたんだ？」

必要以上に関わるつもりはないが、こうしてハッキリと話しかけられた以上、応じざるを得ない。ここで無視をしたとしてもしつこく絡《から》まれそうだしな。

「俺、言ったよな。命《みこと》を泣かしたら、許さないって」

「言ってたな」

もう結構前のような気もするが、天田《あまだ》が俺へ敗北宣言をしに来た時、そんなことを言ってい

た。別に、天田《あまだ》には関係ないだろうと思って、適当な返事をしたっけ。

「最近さ、安心してたんだよ。あんな楽しそうな命《みこと》を見るのは初めてで、……やっぱり石井《いしい》に任せて良かったって、心から思っていたんだ」

気合を入れるためか、天田《あまだ》が制服の袖を引き上げる。

手首に着けているボロボロのリストバンドが、よく目立っていた。

「それなら良かったんじゃないか？　俺にはよく分からないが」

最近の氷高《ひだか》は楽しそうか。確かに、以前に比べて氷高《ひだか》は笑顔が増えたと思う。

まだ、ユズには警戒されていて、中々仲良くなれないと悩んではいるが、父さんや母さんとは随分と打ち解けたみたいだし、学校でも（ギリギリではあるが）月山《つきやま》という最低限嫌悪感《けんおかん》を抱かない相手なんかもできていたりする。

「でも、それは俺の間違いだったんだな」

「間違い？」

いったい、天田《あまだ》は何を言っているんだ？

内心困惑していると、一年C組へ二人の来訪者が現《あら》われた――射場《いば》と牛巻《うしまき》だ。

牛巻《うしまき》は涙を流しており、射場《いば》はそんな牛巻《うしまき》の両肩を抱きしめるように寄り添っている。

「――――っ！　おい、これって……」

瞬間、俺の脳裏によぎったのは一度目の人生での最悪の記憶。

二学期の終業式。突然、体育館の壇上に登った天田《あまだ》。

あの時の天田《あまだ》も、こんな表情で俺を見つめていた。

まさか……。そんな予感に苛《さいな》まれていると、天田《あまだ》はハッキリと俺へ告げた。


「石井《いしい》、お前がやってきたことは許されることじゃない‼」


全身が総毛立った。その言葉を、俺はよく覚えている。忘れられるはずがない。

一度目の人生で、破滅の引き金となった言葉なのだから……。

「な、なんのこと、だよ？」

「しらばっくれても無駄だ！　お前がやってきたことは、全部証拠がある‼」

あの時と同じ言葉を天田《あまだ》は続けていく。いったい、何の話かまるで分からない。

それを言葉にすることもできる。だが、言葉にしたくない。

口にしてしまうと、あの時の繰り返しになってしまうと思ったからだ。

だが、これが一度目の人生と同じ断罪であれば、この後に射場《いば》が……

「辛《つら》かった……。でも、脅されてどうしようもなくて……うっ！　うっ！　うっ！」

「牛巻《うしまき》、だと？」

違う……。あの時とは、違う！

　一度目の人生で、涙ながらに被害を告白したのは射場《いば》だった。決して、牛巻《うしまき》ではない。

　どうして、今回の人生では牛巻《うしまき》がこんなことを言い出している？

　だが、牛巻《うしまき》であれば思い当たることはある。天田《あまだ》のハーレムを破壊するために、明確にはしなかったものの俺は間接的に牛巻《うしまき》を脅す形で陥《おとしい》れた。だが、それを言って問題ないのか？

　言ってしまうと、牛巻《うしまき》達自身の首を絞めることにも繋《つな》がるじゃないか。

「俺が牛巻《うしまき》を脅してただって？」

　天田《あまだ》が、何を仕掛けてくるか分からない。強く唾を飲み込む音が頭にまで響く。

「そうだよ。お前は、モーカを脅して利用していた。随分とひどいことをしてたみたいだな」

「ひどいことって何だよ？」

　ひどいかもしれないが、そもそも仕掛けてきたのは向こうが先だ。

　自分達の人気を利用して俺に近づき、あえて男子の中で俺を孤立させようと……

「お前は彼女の着替えを盗撮して、その写真で脅しただろ！　自分の欲望を満たすために！

　そんなことは、絶対に……絶対に許されないことだ!!」

「は？　はぁぁぁぁぁぁぁ!?」

　俺の思っていた『脅し』とは別の『脅し』を告げられて、思わず叫んでしまう。

　同時に、教室に残っていたクラスメートの視線が、一斉に俺と天田《あまだ》に集中する。

　だが、これで確信に変わった。多少配役は異なっているが、やはり間違いない。

これは、天田《あまだ》による断罪イベントだ。

「ちょっと待てよ！　俺、そんなことしてないぞ！」

まるで、一度目の人生の繰り返しだ。あの時も、俺はこうして必死に弁明した。

そんなことはしていない。まったく身に覚えのないことだと。

だけど、聞き入れてもらえなかったんだ。

「お前は最低な奴《やつ》だったんだな！　モーカを脅して、わざとヒメと喧嘩《けんか》をするように仕向けたらしいじゃないか！　それに、コロもだ！　モーカはコロを助けたかったのに、写真で脅して余計なことをするなって言ったみたいだな」

「なんだよそれ！　俺、そもそも盗撮なんてしてないぞ！」

懸命に否定する。だが無駄だと分かっていた。一度目の人生でもそうだったんだ。俺は写真なんて撮っていない。そう訴えたのだが、無駄だった。理由は簡単だ。

「だったら、お前のスマホを見せてみろよ」

ハッキリと告げられた天田《あまだ》の言葉に、思わず歯を食いしばる。

だが、言われた以上は従わざるを得ない。

やむを得ず、鞄《かばん》からスマホを取り出して天田《あまだ》へと手渡した。

俺から解除パスワードを聞いた後、淡々と冷たい表情でスマホを操作する天田《あまだ》。

大丈夫。大丈夫なはずだ……。自分へ必死にそう言い聞かせる。

「……っ！　これは……」

天田《あまだ》が何かを発見した後、眉をピクリと動かして牛巻《うしまき》へと確認をとる。

「モーカ、いい？」

「…………うん」

弱々しく首を縦に振る牛巻《うしまき》。許可が取れたところで、天田《あまだ》はスマホの画面をクラスメート全員へ見えるように高く掲げた。

「だったら、これはなんだ？」

そこに写っていたのは、牛巻《うしまき》が着替えている写真だった。

しかも一枚ではない。最初の一枚は天田《あまだ》の言う通り盗撮されたかのような写真だったが、他の写真は違う。まるで脅されてやむを得ず撮られたかのような、涙を流す牛巻《うしまき》のあられもない写真が、手渡したスマートフォンから何枚も現《あら》われたのだ。

「本当に辛《つら》かった！　でも、どうしても逆らえなくて……っ！」

「大丈夫ですよ、モーカさん。貴女《あなた》の気持ちはよく分かっていますから」

涙を流し心情を吐露する牛巻《うしまき》を、射場《いば》が優しく抱きしめる。

思わず、そちらを睨《にら》みつけると、射場《いば》があの時と同じ歪《いびつ》な笑みを浮かべていた。

やられた……。完全に罠《わな》にはめられた……。

二度目の人生。様々なラブコメイベントが異常な速度で始まるとは思っていたが、まさかこんなに早い段階で断罪イベントが始まるなんて……っ！

落ち着け。確かに断罪イベントは始まったが、あの時と状況は大きく違う。

まだ逆転のチャンスはある。

「かずぴょんは、そんなことしてない！」

氷高《ひだか》が叫ぶ。

だが、それすらも天田《あまだ》にとっては計算済みの行動だったのだろう。

わざとらしく慈《いつく》しみに溢《あふ》れた笑顔を氷高《ひだか》へと向けると、そのまま語り出した。

「命《みこと》、そう言いたい気持ちは分かるけど、君だって利用されていたんだ」

「私が、利用されていた？」

何の話だ？　俺は氷高《ひだか》を利用したことなんて、一度もない。

確かに氷高《ひだか》は復讐《ふくしゅう》に対して協力的ではあったが、それはあくまでも自主的なものだった。

「そうだよ。モーカが脅された時、最初に石井《いしい》に命令されたことは、ヒメを陥《おとし》れろだったんだ。

そして、やりたくもないのにモーカはヒメにひどいことを言わされていた」

「別に、それと私は関係ない」

「それがあるんだよ。傷ついたヒメは、俺に悩みを相談しに来てくれたんだ。誰にも言えないから二人きりの場所で話したいって頼まれて、俺はヒメと誰も使ってない部室で話していた。だけど、そこに来た人がいたんだよ」

「…………っ！」

氷高《ひだか》の目が見開かれる。

やられた……。そういうことか……っ！

蟹江《かにえ》を陥れた翌日の金曜日、俺は牛巻《うしまき》を罠《わな》にはめて動きを封じたと思っていた。

だけど、それは間違いだったんだ。牛巻《うしまき》は俺に封じられたフリをしていただけ。

わざと天田《あまだ》達と距離を取ったフリをして、俺の油断を誘ったんだ。

だとしたら、その後の射場《いば》も……。

「命《みこと》が来たんだ。まるで、俺とヒメが二人で会っているところを見せられるようにね。それで、命《みこと》は誤解しただろう？　俺とヒメが付き合ってるって」

それがこの件といったいどんな関係がある。俺以外のクラスメートもそう思っただろう。

だが、天田《あまだ》はそんなことはお構いなしに話を続けていく。

「石井《いしい》は知っていたからだ！　俺が命《みこと》を大好きってことを！」

ハッキリと自分の気持ちを告げる天田《あまだ》に、思わずクラスメート達も驚く。

俺もかなり驚いた。まさか、ここで天田《あまだ》が告白までするなんて……。

「だから、俺とヒメが二人きりで会っているところを命《みこと》に見せるように仕向けたんだ！　俺の気持ちを叶《かな》えさせないために、命《みこと》を自分のものにするために！」

あの時の尾行は、仕組まれたものだったということか……。

最初から、射場《いば》は全てを分かったうえで行動していた。

恐らく、天田《あまだ》に対しては「もしも、二人で会っているところを誰かに見られたら、距離を置くよう冷たく接してほしい」などと言っていたのだろう。

くそっ！　随分と手の込んだ真似《まね》をしてくれるじゃねぇか！

俺が歯を食いしばっていると、射場《いば》が一歩前に出て氷高《ひだか》へと告げた。

「氷高《ひだか》さん、私とテルさんは別に恋人同士ではありません。私は悩みを相談していただけで、テルさんは落ち込んでいた私を励ましていただけなんです。今も昔も、テルさんは貴女《あなた》だけを大切に……大切に想《おも》っていますよ……」

優しい笑顔でそう告げる射場《いば》だが、拳は固く握りしめられている。

この女が何を考えているかは、よく分かる。

射場《いば》は、天田《あまだ》の味方でありながら、自分の欲望を叶《かな》えるための賭けに出たんだ。

天田《あまだ》が、氷高《ひだか》に対して恋愛感情を抱いているのは理解している。だとしたら、自分がどれだけ頑張ったとしても、天田《あまだ》の気持ちが自分に向くことはない。

だが、氷高《ひだか》にフラれたとしたら？　僅かだが、可能性は出てくる。

氷の女帝は、何があっても天田《あまだ》に対して恋愛感情を抱かない。

そこに一縷《いちる》の望みを懸けて、あえて天田《あまだ》の告白を誘発したのだろう。

そのための準備も強《したた》かだ。ここまでの状況で理解できたのは、蟹江《かにえ》は本当に俺によって動きを封じられて、以後に射場《いば》も牛巻《うしまき》も天田《あまだ》も助けていないということ。

これは、射場《いば》にとって蟹江《かにえ》が厄介な相手だったからだ。天田《あまだ》と同じクラスで最もそばにいられる美少女。さらに庇護欲《ひごよく》をそそる外見と性格をしているので、氷高《ひだか》がダメだった際に天田《あまだ》の気持ちは蟹江《かにえ》に向く可能性が最も高い。だから、蟹江《かにえ》だけは助けない。

さらに、今回写真を撮られたのが牛巻《うしまき》なのも、天田《あまだ》からの自分の評価を下げないため。天田《あまだ》のために俺を陥《おとし》れるのが最優先事項なのだろうが、同時並行で牛巻《うしまき》、蟹江《かにえ》という二人のヒロインを天田《あまだ》から引き離す準備もしているってことだ。

そして、天田《あまだ》はそんな射場《いば》の考えを全て理解しながらも、知らないフリをして作戦に乗っている。恐らく、この断罪についても、射場《いば》や牛巻《うしまき》に相談されて正義の主人公として行動しているというのが、天田《あまだ》が演じている役だ。本当は、最初から全てを知っているというのにな。

「違う！　あそこに私がいたのは――」

「大丈夫だよ、命《みこと》。君も石井《いしい》に利用されていたんだろ？　絶対に助けるから……」

優しい天田《あまだ》の言葉に、氷高《ひだか》が恐怖で言葉を詰まらせる。

恐らくだが、子供時代に経験した、恐ろしい天田《あまだ》の一面を思い出したからだろう。

ここにきて、ようやく氷高《ひだか》の言葉を本当の意味で理解できたよ。

確かに、天田《あまだ》が最も恐ろしいのは追い詰められた時だな……。

「なぁ、石井《いしい》。お前、こんなことして楽しいか？　モーカを脅して、命《みこと》を利用して……こんなの普通の高校生がやることじゃないぞ？」

まるで、絶体絶命の危機から奇跡の大逆転をする主人公のようだ。

そして、俺は追い詰められた悪役。この状況では何を言っても信じてもらえないだろう。

たとえ、天田がとんでも理論を展開したとしても、渡したスマホには牛巻のあられもない写真が入っているのだから。恐らく、仕込んだのは今日の体育の授業中。

　今まで全く動きがないと思っていたが、それは違ったんだ。

　恐らく、今日までの間に射場《いば》と牛巻《うしまき》は俺のスマホの解除パスワードを探っていた。

　何度も何度もロックがかからないギリギリまで試して、パスワードが分かったところで、こうして俺を偽りの断罪劇へと導いたのだろう。

「天田《あまだ》。牛巻《うしまき》は、本当に俺に写真を撮られたのか？　例えば、誰かがデータを――」

「そんな回りくどいことする意味がないだろ！　だよね、モーカ？」

「うん……。石井《いしい》に、写真を、撮られた………。今までもずっと」

「ずっとって、どのくらいだ？　今日だけとか……」

「違うよ！　あんたは、何度も私に言った！　あの日からずっと、毎日のようにいやらしい格好をさせられて……っ！　絶対、絶対に許さないから！」

　どうやら、俺は牛巻《うしまき》という女を勘違いしていたらしい。

　ただの猪突猛進《ちょとつもうしん》な女かと思っていたが、なるほど、強《したた》かな面も持ち合わせていたようだ。

それとも、これも全て射場《いば》の仕込みか？　まぁ、どっちでもいいか。

とにかく、俺は圧倒的に追い詰められている。

このまま断罪されたら、一度目の人生の繰り返しになることは間違いない。

「なぁ、天田《あまだ》。一つだけ、言わせてもらってもいいか？」

「なんだよ？」

鋭い眼差《まなざ》し。だが、すでに自分の勝利を確信しているのか、僅かに口角が上がっている。

本当に、こいつの執念深さは異常だよ……。

まさか、ここまでして俺を潰そうとするとは思わなかった。さっきの天田《あまだ》の台詞《せりふ》をそのまま借りることになってしまうが、「こんなの普通の高校生がやることじゃない」だ。

だけどな……

「それ、俺じゃなくて月山《つきやま》のスマートフォンだぞ？」

「…………は？」

俺の言葉に、天田《あまだ》が固まった。これまで固唾を呑《の》んで見守っていたクラスメート達もだ。

全員が、俺の言った言葉の意味が分からずに唖然《あぜん》とした様子で眺めている。

「お前、いったい何を言って……」

「いや、だから、それは俺じゃなくて月山《つきやま》のスマホだって」

バカがよぉ!! お前が諦めてないことくらい、とっくにお見通しなんだよ!

「見苦しい言い訳をするなよ! そんな嘘《うそ》、すぐに――」

「テル、本当だよ……。そのスマホ……っていうか、鞄《かばん》も含めて全部俺のだ」

「………………っ!」

落胆と諦念のこもった声で、月山《つきやま》がそう言った。

残念だったなぁ、天田《あまだ》。なんで、俺が誰よりも先に月山《つきやま》を仕留めたと思う?

月山《つきやま》の父親が、父さんの勤務先の社長だから? なるほど、確かにそれも理由だ。

けどな、本当の目的は別にあった。

月山《つきやま》が俺によって封じられた場合、天田《あまだ》は月山《つきやま》と距離を置くと睨《にら》んでいた。

そして、月山《つきやま》が天田《あまだ》という拠《よ》り所《どころ》を失えば、孤立することも想定できた。

だから、俺は決して月山《つきやま》を見捨てなかった。こちら側に引き込むことを狙っていたんだ。

正直、ここまでクラスで浮くとは思わなかったから、ちょっとだけ罪悪感もあって、仲良くしていたというのもあるが……ともかく! 月山《つきやま》を味方に引き込むことに成功した。

後は、簡単だ。俺は月山《つきやま》に一つだけ頼みごとをしていた。

校内にいる時は、自分の鞄《かばん》と俺の鞄《かばん》を入れ替えてほしい、だ。

このために、わざわざ月山《つきやま》と同じスマホに機種変したんだからな。

「なぁ、月山《つきやま》。そのスマホに、牛巻《うしまき》の写真はずっと入っていたのか？」

「いや、入ってない。今朝に確認して石井《いしい》と交換する直前まで、何も入ってなかった」

「…………っ！」

射場《いば》と牛巻《うしまき》の顔が、一気に青ざめる。

二度目の人生で、様々なラブコメイベントが前倒しで起きてきたからこそ、俺は警戒心を高めていた。もしかしたら、あの断罪イベントも早まるのではないかと。

そして、経験していたからこそ知っていた。

いつの間にか、自分のスマホに射場《いば》のあられもない写真が仕込まれていたことをな。

未然に防ぐのが理想だが、向こうが諦めない限りそれには限界がある。

ならば、どうするか？　陥《おとし》れられても問題のない、偽りの環境を作ってしまえばいい。

「石井《いしい》の言ってたこと、本当だったんだな……。俺は、違うって信じたかったけど……」

「ツキ……。お前、何を……」

天田《あまだ》。距離を置かれた後も、月山《つきやま》はお前を親友だと思っていたんだよ。

俺から鞄交換《かばんこうかん》の理由を聞いた時も、「テルがそんなことするはずがない」って、信じ続けていてくれたんだ。だが、現実には月山《つきやま》の思いは裏切られた。

そして、こういう時に月山《つきやま》は決して情に流されることはない。

月山《つきやま》という男は、乱暴な一面はあるが、強い正義感が根底にあるからだ。

確実に空気の変わった教室で、俺は牛巻《うしまき》を見つめて問いかける。

「なぁ、牛巻《うしまき》。さっき言ってたよな？　あの日から、毎日いやらしい格好をさせられて、写真を撮られたって。つまり、お前の言い分が真実だとすると、俺はわざわざ月山《つきやま》のスマートフォンを使って、お前のいやらしい写真を撮り続けていたことになるんだが？」

そう言いながら、俺は月山《つきやま》の机の上に載っている自分の鞄《かばん》からスマホを取り出す。

当たり前のように操作をして、画像フォルダを確認すると、そこには牛巻《うしまき》の写真なんて一枚も入っていなかった。

「俺のスマホには、何も入ってないな」

当たり前だ。射場《いば》達が写真を仕込んだのは、午後の体育の授業中だからな。

「牛巻《うしまき》、ハッキリ答えてくれよ。お前は、本当に俺から脅されていたのか？」

「あ、あたしは……あたしは……」

まるで、餌をもらっている金魚のように口をパクパクと開く牛巻《うしまき》。

だが、言葉はろくに出てこない。今にも、その場で気絶しそうな様子だ。

「天田《あまだ》、どういうことか説明してくれるか？」

「知らないよ！　俺は、ただ二人から相談を受けただけで……っ！」

「…………っ！」

まぁ、そうだよな。天田《あまだ》の言葉に嘘《うそ》はない。いや、嘘《うそ》でもあり真実でもあるというところか。

こいつが行動を起こすのは自分の勝利を確信している時、そして自分の安全が確実に保証されている時だけだ。俺を陥《おとしい》れるのに失敗した場合でも、自分は二人から相談されて力になっているだけで、騙《だま》された側の人間であると主張したいのだろう。

けどな、逃がさねぇよ。ようやく、お前自身が動いたんだ。ここで確実に終わらせてやる。

「『命《みこと》のそばにいたい。どうして、石井《いしい》なんだろう？　俺じゃ、ダメなのかな？』か？」

「「「………………っ！」」」

「他はそうだな……。『クラスに放っておけない奴《やつ》がいるんだよ。でも、俺は嫌われてるみたいでさ。何とか仲良くなりたいんだけど』とかもあったんじゃないか？」

「……っ！　どうして、貴方《あなた》がその言葉を知っているのですか？」

俺の発言を聞いた射場《いば》が、思わず体を前に出して尋ねた。

やっぱり、射場《いば》達はこう言われていたんだな。

なんで分かったかって？

そりゃ、俺が一度目の人生で似たような台詞《せりふ》を聞きまくっていたからさ。

脇役《モブ》として、主人公の話をただ聞くだけの存在。だが、そんな矮小《わいしょう》な存在だからこそ、特別な存在である天田《あまだ》の言葉だけは決して忘れなかったんだ。

「射場《いば》、牛巻《うしまき》。天田《あまだ》は、最初からお前達の気持ちになんて余裕で気づいてるぞ。それどころか、お前達が俺をハメようとしてることにもだ。確かに、お前らは天田《あまだ》に嘘《うそ》の相談をしたんだろうけど、天田《あまだ》は嘘《うそ》だと分かっていて力を貸していたんだ。自分の利益のためにな」

「え⁉」

「そんな……っ！」

こんなこと、普通の状況で言っても信じてもらえないだろう。

だが、今この場所であれば信じないにしても、疑念は植え付けられる。

「違う！　俺は、本当に何も知らなくてっ！　ただ、モーカを助けたくて――」

「だったら、今まさに追い詰められてる牛巻《うしまき》を助けてやれよ」

「あっ！」

もし、ここで天田《あまだ》が本当のラブコメ主人公であれば、自分は何も知らなかったと無実を主張するよりも先に、俺への謝罪、そして牛巻《うしまき》の嘘《うそ》を許してほしいと懇願すべきだったんだ。

けど、天田《あまだ》はそうしなかった。危険だと判断した瞬間に、射場《いば》と牛巻《うしまき》を切り捨てた。

自分だけは、助かろうと行動してしまったんだ。

そんなの、主人公でも何でもない。ただの卑怯者《ひきょうもの》だ。

「も、モーカ……」

「………」

牛巻《うしまき》は、静かに涙を流していた。

間違ったことをしたのは分かっているが、それでも自分が陸上選手として悩んでいた時に助けてくれた天田《あまだ》だ。その優しさを信じたかったのだろう。

「石井《いしい》は嘘《うそ》をついているんだ！　石井《いしい》じゃなくて、俺を信じてくれ！」

「あたしは、テルを……」

右手で後頭部をかきながら、必死に弁明を続ける天田《あまだ》。その言葉に、牛巻《うしまき》が僅かに揺れる。

信じてる──というよりも、信じたいという気持ちが強いんだろうな。

「こいつは、昔からこういう奴《やつ》だよ」

その時、射場《いば》や牛巻《うしまき》へ氷高《ひだか》が語り掛けた。

「自分が絶対に有利じゃないと何もしないの。貴女《あなた》達はこいつに助けられたのかもしれない。でも、それは失敗しても自分に何もデメリットがないから。そもそも──」

「命《みこと》、お前は黙ってろ！」

「…………っ！」

天田《あまだ》の叫びに、氷高《ひだか》が体を震わせる。そのまま怒りの形相で天田《あまだ》は氷高《ひだか》に近寄っていった。

「なんで、お前が余計なことを言うんだ！　お前はヒロインなんだから、主人公の助けにならないとダメなんだよ！　なのに、どうして俺の思い通りにならない！　いい加減、自覚を持て！　じゃないと、昔みたいに……っ！」

天田《あまだ》が拳を振り上げる。咄嗟《とっさ》に体を割り込ませた。

「つぶねぇ！」

「かずぴょん!」

「…………なっ!」

が、天田《あまだ》の拳が俺に届くことはなかった。月山《つきやま》が止めたからだ。

うん。有難《ありがた》くはあるんだけどさ。

「そこは俺にかっこつけさせろよ?」

「すまん。クラスでの評価が上がるチャンスかと思って……」

それを言わなければ、評価が上がったものの……。

「離せよ、ツキ! 今から物語を正しく……あっ!」

そこで、ようやく冷静さを取り戻したのか、天田《あまだ》は顔を青ざめさせた。

決して自分からは動かない天田《あまだ》の唯一の弱点。それは氷高《ひだか》への執着だ。

氷高《ひだか》はそれを分かっていたからこそ、勇気を振り絞って行動したんだ。

怖かっただろうに、よく頑張――

「かずぴょん、怖いのに頑張った私にときめいた? これは責任を取って婚約を――」

「その話はあとにしよう」

「……解《げ》せぬ」

月山《つきやま》といい氷高《ひだか》といい、言わなければいいことを言ってしまうのはなぜなのか?

ともあれ、今は天田《あまだ》だ。こいつは、ここで確実に仕留める。

氷高《ひだか》が作ってくれた、最大のチャンスを必ず活《い》かしてみせる。

俺は、月山《つきやま》に拳を押さえられ唖然《あぜん》としている天田《あまだ》へと、真《ま》っ直《す》ぐに言ってやった。

「方法はどうあれ、月山《つきやま》も、射場《いば》も、牛巻《うしまき》も、蟹江《かにえ》も、みんなお前のために行動していた。お前が大好きだから、必死に助けようとしていた。なのに、お前はそんな気持ちを当たり前だと思って利用していたんだ。どれだけ追い詰められても、絶対に一人じゃ動こうとしない。自分が絶対的な安全圏で、確実に勝利を得られる時しか行動しない。そんな卑怯者《ひきょうもの》が主人公なわけねぇだろ。天田《あまだ》、お前はただの小悪党だよ」

「違う。こんなの違う。俺の物語は……こんなの間違った……」

「ほんと、お前って現実と創作物の違いがついてないんだな。世の中、何もかもがお前の都合よくいくわけないって、さっさと理解しろよ」

「あ、あ、あ………」

すでに教室内に、天田《あまだ》の味方は誰一人としていない。

自分だけは絶対に助かるはずだと思っていたのに、自分が最も追い詰められてしまった。

最後の奇跡でも信じているのか、虚《うつ》ろな瞳を氷高《ひだか》へと向けている。

「命《みこと》……俺は……」

「きもい。二度と私に話しかけないで」

氷の女帝からとどめの一撃を刺され、天田《あまだ》はその場に崩れ落ちた。

それでも、まだ諦めきれていないのか「こんなの違う、俺は主人公だ」と気持ちの悪い言葉をぶつぶつ呟《つぶや》いている。

ようやく、あの時の復讐《ふくしゅう》を遂げることができた。

達成感はあるっちゃあるが、少し複雑な気持ちだな。

「どうしてだよ、石井《いしい》。なんで、お前は……」

「諦めてるフリをしてるのが分かったのかってか？」

まぁ、天田《あまだ》からしたらそうだろうな。

あの日曜日、俺に対して敗北宣言をした天田《あまだ》。

あの時点の俺は、射場《いば》や牛巻《うしまき》とも関係が切れたと判断していたから、本当に天田《あまだ》は諦めているのかもしれないとも思ったよ。だが、それが間違いだとすぐに気づいた。

「これだよ」

天田《あまだ》の右手首を摑《つか》み、俺はそう言った。

そこには、ボロボロのリストバンド。

一度目の人生で、聞いていたからな。唯一氷高《ひだか》からプレゼントしてもらった物だって。

そのたった一つの繋《つな》がりを、容赦なく奪い取った。

「こんなもの着けてたら、バレて当然だろ？」

最後まで氷高《ひだか》への執着を捨てられなかった。

それが、天田《あまだ》の敗因だ。

【氷高命《ひだかみこと》（一・二）】


今日は、五歳の誕生日。

パジャマ姿のまま、お部屋を出てリビングに行くと、テーブルの上には私のご飯が用意してあった。ソファーに座るお母さんに「おはよう」と伝えると、お母さんからも「おはよう」とお返事をもらえる。その後に、一人でテーブルについて「いただきます」をして食べる。

いつもなら三切れしかない卵焼きが、四切れになっているちょっぴり豪華な朝ご飯。

私が一人でご飯を食べていると、少し離れたソファーではお母さんとお姉ちゃんが仲良く寄り添って座ってお話をしていた。

お姉ちゃんは嬉《うれ》しそうに小学校でお友達と遊んだお話をしていて、お母さんはそのお話を優しそうな笑顔を浮かべて聞いている。まるで、私なんていないみたいに。

ご飯を食べ終わった私は、「ごちそうさま」と言った後に、食器を流し場へと運んでいく。それを確認したお母さんは、何も言わないまま立ち上がって食器を洗ってくれる。

ありがとう。お礼を言うと、「どういたしまして」とお返事が来る。

夜になって眠る前にお母さんから「おやすみ」と伝えられる。

そのままお布団《ふとん》で寝て、五歳の誕生日はおしまい。

おはよう、おやすみ、どういたしまして。

三つだけの、貴重なお母さんとの会話。

お姉ちゃんと話したことは、ほとんどない。

お姉ちゃんは私のことが嫌いみたいで、昔はちょっといじわるをされていた。「ママの子供じゃないくせに」。そんな風に言いながら、お姉ちゃんは私のことを叩《たた》いた。すごく痛かった。

私がお姉ちゃんに叩《たた》かれていると、お母さんが助けに来てくれた。

お母さんは、私を一切見ずにお姉ちゃんをすごく怒った。命《みこと》ちゃんを叩《たた》いちゃダメって。

以来、お姉ちゃんは私をいじめなくなった。私に関わらなくなった。

お父さんは滅多にお家《うち》に帰ってこない。出張が多くて、お外でお仕事をしているみたい。

でも、お父さんがいないほうが安心できた。

だって、お父さんが帰ってくると、お家《うち》がとても寒くなるんだもん。

お母さんは、お父さんのことがあんまり好きじゃないのか、お父さんが帰ってきてもほとんどお話ししない。お姉ちゃんも、お父さんのことを『冷たい人』って呼んでる。

それが嫌なのか、お父さんは帰ってきても、すぐにお家《うち》から出て行ってしまう。

お父さんがいなくなった後、お母さんはお姉ちゃんに何度も言っていた。

あんな人とだけは結婚しちゃダメだよ。貴女《あなた》を愛してくれる人と結婚しなさいって。

お姉ちゃんは、お母さんに「うん！　絶対そうする！」と力強く返事をしていた。

愛してくれる。

きっと、それはお母さんがお姉ちゃんに向ける気持ちなんだろう。

どんな気持ちなのかな？　温かいのかな？　嬉《うれ》しいのかな？　私の空っぽが埋まるのかな？

想像はできるけど、答えは出ない。だって、私は愛されたことがないから。

お父さんは、私を見ても何も言わない。何も聞かない。

まるで、ここにはいない子みたいに扱う。お姉ちゃんも一緒だ。

お母さんとお話ができるのは、三つの言葉だけ。もっと話してみたかったけど、私はそれをしちゃダメなんだって、何となく分かっちゃったから話しかけられなかった。

もっとお話ししてみたいなぁ。

ある日、私はテレビで同い年くらいの子が公園で遊んでいるのを見て、自分もお外に出てみた。そうしたら、お母さんから「いってらっしゃい」と「おかえりなさい」を言ってもらえるようになった。

三つの言葉しか話せなかったお母さんと、五つも話せるようになった。

嬉《うれ》しかった。寂しかった。

まるで、自動販売機みたい。ボタンを押すと、そのボタンに合わせたジュースが出てくる。

おはようのボタンを押すと、おはようが。おやすみのボタンを押すと、おやすみが。

公園に行くと、たまに他の子供が遊びに来ていた。

みんな、お母さんかお父さんと一緒。一人なのは、私だけ。

きっと、みんな愛されてるんだ。

転んで泣いている女の子を、女の子のお母さんが優しく抱きしめていた。

羨ましかった。

私も、あんな風に大声を出して泣いてみたい。お母さんに抱きしめてもらいたい。

だけど、どっちも私はしちゃダメ。だって、お母さんはそばにいないから。

いつかお母さんが一緒に来てくれるかもしれない。そんな期待を込めて、公園に行った。

ある日、いつもみたいに一人で遊んでると、男の子が話しかけてきた。

何してるのって。だから、私は一人で遊んでると答えた。

そうしたら、一緒に遊ぼうと言ってくれた。

男の子の名前は、あまだてるひと君。

私と遊んでくれる優しい子だったけど、私を見る目がすごく怖かった。

きっと、私があまだ君を怖いと思ったのは、その目がお父さんにそっくりだったからだ。

余計なことをしない、迷惑をかけないお人形を見る目。私は、お人形なのかな？

本当は、あんまりあまだ君に会いたくなかった。でも、お出かけしないとお母さんから「いってらっしゃい」と「おかえりなさい」を言ってもらえなくなる。

だから、怖いけど私は毎日公園に行った。あまだ君も、ほとんど毎日公園に来ていた。

あまだ君と一緒にかけっこをして遊んだ時、私は転んでしまった。だけど、泣けなかった。

だって、今はお母さんがそばにいないもん。だから、泣いちゃダメ。

泣かない私を見て、あまだ君が褒めてくれた。がまんできるなんて、すごいなって。

そのまま、足に擦り傷を作って帰ったら、お母さんが私の怪我《けが》に気がついた。

ちゃんと、洗っておきなさいよ。

新しい言葉をもらえた。もっと怪我《けが》をしたら、新しい言葉をもらえるのかな？

だけど、怪我《けが》をしてばかりだと迷惑をかけるかもしれない。

迷惑をかけたら、嫌われるかもしれない。だから、自分から怪我《けが》はできなかった。

でも、うっかり怪我《けが》をしちゃうくらいならいいよね？

その日も、いつもみたいに「おはよう」と「どういたしまして」と「いってらっしゃい」を聞き終わった後、私は公園に行った。

あ、今日はあまだ君がいないんだ。よかった……。

そのまま、私はブランコをこぎはじめた。力いっぱい、思いっきり。

これでジャンプすれば、怪我《けが》できるかもしれないから。

近くでは、知らない男の子と女の子が砂場で遊んでる。見たことない子達だ。

女の子が作った砂の山を見て、男の子が「すごいな。ふじさんよりたかい」なんて言って、褒めていた。いいなぁ、私もお姉ちゃんと遊んでみたいな……。

頭の中でお母さんとお姉ちゃんと楽しくお話をする想像をしながら、ブランコをこぐ。

ちょっとずつ速くなって、段々高いところまでいって、私はピョンと飛んだ。

作戦大成功。私は着地に失敗して思い切り転んだ。泥だらけになった。痛かった。

でも、これでお母さんから新しい言葉をもらえる。そう思っていたら、

「だいじょうぶか？」

さっきまで、砂場で遊んでいた男の子が私のそばに来てくれていた。

転んだ私を心配してくれているみたいだ。だから、私は痛いのを我慢して言った。

だいじょうぶ。その後、もう一度ブランコに戻ろうとした。

そうしたら、男の子が私の手をつかんだ。

ブランコに行こうとする私に、首を横に振って行ってはダメだと行動で伝えてくる。

そして、言ってくれた。

「いたかったら、ないていいんだぞ」

びっくりした。そんなことを言われるなんて、思ってなかったから。

でも、私は泣いちゃダメ。だって、ここには私を愛してくれる人はいないから。

そんな風に思っていたのに……

「いっしょにいるから、ないてもだいじょうぶだよ」

男の子はそう言ってくれた。

「いいの？」

私は、恐る恐る男の子に聞いた。男の子は言ってくれた。私をギュッと抱きしめながら。

「いいよ！」

「う、う、う……うわぁぁぁぁぁぁぁぁぁぁぁぁぁぁぁぁぁぁぁぁぁ!!」

「そうだよな。がまんなんかするもんじゃない」

男の子に抱きしめられながら、私は泣き続けた。

男の子はずっと私を抱きしめてくれていた。そうして、私が落ち着いた後に公園の水場に連れていってくれて、私の膝の傷を水で洗い流してくれた。

「もう、こんなことしちゃダメだぞ」

「……うん」

「ユズもマネするのは、おれといるときだけだぞ。おれがまもれないからな」

「しないし、まもらなくていい！　そういうの、かほごっていうんだよ！」

「ユズは、むずかしいことばをしってるなぁ！　えらい！　えらいぞ！」

「おそとでなでないで！　わたし、そんなこどもじゃない！」

男の子と女の子は、兄妹《きょうだい》だった。だけど、私とお姉ちゃんとは全然違う。

男の子も、ユズちゃんも、お互いが大好きなのが伝わってきた。

いいなぁ。私も交ぜてもらえるかな？　そんな風に思っていると、男の子が言った。

「じゃあ、いっしょにあそぶか！　なにしたい？」

「まざっていいの？」

「いいぞ！」

すごいなぁ。男の子は、私が欲しい言葉を全部くれる。

「えっと……おすなであそびたい」

「わかった！　じゃあ、みんなでユズやまをにほんいちにしよう！」

「カズ、へんななまえつけないで！」

それから、私は男の子と女の子の名前を教えてもらった。

男の子が、いしいかずき君。女の子が、いしいゆずきちゃん。素敵な兄妹《きょうだい》だった。

一緒に砂場で遊ぶのは本当に楽しくて、かずき君が「わらうともっとかわいいな」と言ってくれたことで、私は生まれて初めて自分が笑えていたことに気がついた。

楽しい時間はあっという間。かずき君とゆずきちゃんのお父さんが、二人を迎えに来た。

「きょうはありがとな！　すっげぇたのしかった！」

「うん……」

もっと一緒にいたい。ずっと一緒にいたい。

空っぽの私に、沢山の気持ちを詰め込んでくれたかずき君とまた会いたい。

そんな私の気持ちが分かったのか、かずき君はちょっと困った顔をしていた。

「あ～、そうだなぁ……これ、やるよ！」

そう言って、かずき君は自分の手首に着けていたリストバンドを私にくれた。

「ゆうじょうのブレスレットだ！　あえなくても、これがあればともだちだ！」

「わぁ～！　いいの？」

「いいよ！」

たった一日の思い出。だけど、私にとって一生忘れられない思い出になった。

ゆうじょうのブレスレットがあれば、離れていてもかずき君とお友達でいられるんだ。

次の日、私はまた公園に向かった。

少し急いでいたから、お母さんからの「いってらっしゃい」を最後まで聞けなかった。

でも、聞けなくても寂しくなかった。

私には、ゆうじょうのブレスレットがある。だから、さみしくない。

かずき君、また来てくれるかな？　また会えたら嬉《うれ》しいな。

そんな風に思って、公園に向かったら……

「おまえはぼくのヒロインだろ！　ヒロインはしゅじんこうをすきじゃなきゃダメなんだ！」

「やめて！　やめてよぉ！　とらないで！」

公園にいたのは、かずき君じゃなくて、ものすごく怒ったあまだ君だった。

あまだ君は私に会うと、すぐにゆうじょうのブレスレットが欲しいと言い出した。

これは、私の宝物。空っぽだった私に、沢山の気持ちをくれたかずき君からもらった宝物だ。

だから、絶対に渡さない。そう思ってたのに……

「くっ！　この！　よこせよな！」

「あぅ！」

「ふぅ……。とれた！」

あまだ君は私を思い切り殴った。痛かった、痛くて痛くて仕方がなかった。

私がかずき君からもらったゆうじょうのブレスレットは、あまだ君に盗《と》られた。

「えと……。なかないなんてえらいぞ、みこと！」

怖い……。すごく怖い……。だけど、絶対に泣かない。泣いてたまるもんか。

私が泣くのは、かずき君といる時だけだ。こんな子の前で、泣いてたまるもんか。

でも、怖くてこの場にいたくない。本当は取り返したいけど、取り返す勇気がない。

「かえる！」

「あっ！　みこと！」

あまだ君の声を無視して、私はお家《うち》に帰った。

いつもよりずっと早く帰ったから、お母さんがちょっと不思議そうに「おかえりなさい」と言っていた。だけど、何にも思わない。

「ごめんなさい、ごめんなさい……」

折角、かずき君がくれたのに、私の宝物だったのに、盗《と》られちゃった。

もう公園には行きたくない。あまだ君に会いたくない。

お母さんから、「いってらっしゃい」と「おかえりなさい」を言ってもらえなくなるけど、それでもいい、あんな怖い子に会いたくなんてない。

「ぜったいいなかない。なくのは、かずき君がいるときだけだから……」

本当は今すぐ助けてほしかった。だけど、かずき君はそばにいない。

「……わたし、おともだちじゃなくなっちゃったのかな？」

大切なゆうじょうのブレスレットが盗《と》られちゃったら、私はかずき君にまた会えても、お友達と思ってもらえないかもしれない。だけど、私は諦められなかった。

空っぽだった私に、沢山の気持ちを詰め込んでくれたかずき君。

お友達と思われなくても、もしまた会えたら、私はちゃんとお返しをしたい。

だから、強くなろう。

あんな怖い子に負けないくらい強くなって、かずき君に伝えるんだ。

そばにいさせて下さいって。

沢山の気持ちを詰め込んでくれたお礼をさせて下さいって。

もう会えないかもしれない。だけど、また会えるかもしれない。

そんな奇跡が起きたら、私は力いっぱい目いっぱい、かずき君にお返しするんだ。

私はそう決意をして、ゆっくりと眠りについた。

空っぽの家で、沢山の気持ちを自分の中に詰め込んで、また会える日を信じて……。

エピローグ
諸君、喝采したまえ、ラブコメが始まった

復讐《ふくしゅう》を遂げた翌朝ってのは特別なものかと思ったが、なんてことはない。

起きて一階に下りたら、氷高《ひだか》が母さんと一緒に朝食を作っていて、父さんがウキウキとその様子を見つめ、もはやこの光景に慣れてしまったユズが、ちょっとだけ負けん気を発揮して、二人と一緒に朝食の準備を手伝っている。

断罪イベントは終わった。一度目の俺にとっては当たり前で、二度目の俺にとっては特別な、家族と一緒に過ごせる時間がある。

まぁ、その家族の中に随分な勇み足で参入している、アグレッシブな努力家もいるが。

五人で朝食をとった後、まずはスーツ姿の父さんが出勤して、続くように俺とユズ、そして氷高《ひだか》の三人が家を出る。

最初は氷高《ひだか》を警戒していたユズも、最近では徐々に軟化しているようで、家を出ると二人で仲睦《なかむつ》まじく手を繋《つな》ぎながら駅へと向かっていた。

俺も手を繋《つな》ぎたいが、「両手は嫌だ」とユズに断られて、ちょっと複雑な気持ちだ。

一年C組の教室へ入ると、先日のことがあったからか、少しだけ注目を集めてしまう。

ただ、俺が被害者であることは分かってもらっているようで、やや引きつった笑顔ではあったが、月山《つきやま》が「おはよう」と声をかけてくれた。俺も氷高《ひだか》も「おはよう」と返事をする。

その後、HRが始まった。だけど、教室に一人だけいない生徒がいる。天田《あまだ》だ。

担任教師から事務的に「体調不良で休み」と告げられたが、どうして天田《あまだ》が学校に来なくなったのか、教室にいる誰もが分かっていた。知らないのは、担任教師だけ。

果たして、あいつはまた学校にやってくるのだろうか？

もう少ししたら、中間テストも始まるのだから、さすがに来ないとまずいとは思うが、ラブコメのできなくなった天田《あまだ》がこれからどうするのか、それは俺にも分からない。

◇◇◇

休み時間になったので、蟹江《かにえ》の様子を確認してみると、今日も小早川《こばやかわ》達に絡《から》まれていた。

もはや、それが蟹江《かにえ》にとって当たり前の日常になってしまっているのか、光の失った瞳で小《こ》早川《ばやかわ》達の会話に応じている。クラスの女子は、そんな蟹江《かにえ》に対して敵対心を示すこともなく、もはやどうでもいい存在かのように扱っていた。

何となく席を立ち上がった俺は、女子達の会話の輪に参入した。

「なぁ……」

「え？　なに？」

俺がやってきたことで、僅かに不安を滲《にじ》ませるのは先日の件があったからだろう。

一応、罠《わな》にはめられてそれを乗り越えたという立場ではあるのだが、女子達からすると、そんな俺も恐ろしいらしい。もしかしたら、一度目の人生で俺への断罪を終えた後の天田《あまだ》もそうだったのかな？　まぁ、あいつはヒロイン以外からどう思われても気にしなさそうだけどな。

「どうかしたの？　その、こないだのことならちゃんと分かってるから……」

俺に対応するのは、クラスのリーダー格の女子。

他の女子達は少しだけ俺から距離をとっている。

「助かるよ。それでなんだけど……」

「う、うん」

いったい、何を言われるのだろう？　そんな不安を滲《にじ》ませている。

僅かに近づき、周辺にいる女子生徒達にだけ聞こえる声で言った。

「蟹江《かにえ》のこと、助けてやってくれないか？」

「……は？　だって、あの子は……」

「別に、あいつは男子に媚《こ》びているわけじゃなくて、ただ引っ込み思案なだけだよ。本当は、もう気づいてるんだろ？」

「だけど……」

まだ渋るリーダー格の女子に、さらに顔を近づける。

今度は、周りにいる女子にも聞こえない、その子にだけ聞こえる声で言った。

「困ってる子を助けてる奴《やつ》って、かっこいいと思うぞ」

「…………あっ！」

女子のネットワークは、男子と比べて非常に複雑だ。今はリーダー格として君臨していることの女子生徒も、周囲から自分がどう思われているかいつも気にしている。

内心では、自分の周りに集っている女子がいつか裏切るかもなんて怯《おび》えていたのだろう。

だから、求めていた。絶対に裏切らない、信用できる相手を。

「頼めるか？　失敗したら、俺のせいにしていいから」

「はぁ……。仕方ないなぁ……」

少しうんざりした様子ではあるが、あくまでもそれは表面上だけ。どこか浮ついた態度で立ち上がると、他の女子達に「行くよ」と号令を出し、蟹江《かにえ》の席へと向かっていく。

急に大人数の女子がやってきたことで、蟹江《かにえ》は困惑し、小早川《こばやかわ》達は恐怖の表情をしている。

そんな中で、リーダー格の女子は言った。

「あんた達、いい加減にしなさいよ。コロが困ってるでしょ！」

「え？　いや、俺達はただ仲良く……」

「だとしても、迷惑なの！　コロ、私達と一緒に話そ」

すぐさま、他の女子達が蟹江《かにえ》の周りに集まって優しく頭を撫《な》でたり、肩を抱きしめたりしている。蟹江《かにえ》は、まさかクラスの女子が助けてくれるとは思ってもみなかったようで、大粒の涙を流しながら「ありがとう、ありがとう」と言い続けていた。

一度目の人生と同じだ。小早川《こばやかわ》達にしつこく絡《から》まれていた蟹江《かにえ》を助けたのは、同じクラスの女子達。そして、そんな女子達を動かすのが他のヒロイン達なのだが、今はいないからな。

そこの役割だけ、俺が果たさせてもらった。

本当は女子達と仲良くなった後に、天田《あまだ》が「コロならできるよ」と励ましたことで、蟹江《かにえ》の引っ込み思案は完全に解消し、クラスの女子とより仲良くなるのだが、さすがにそこまですることはなかろう。引っ込み思案が直せるか直せないかは、蟹江《かにえ》次第だ。

◇◇◇

昼休み。蟹江《かにえ》は小早川《こばやかわ》達とではなく、女子達と一緒に昼食を取るようだ。

蟹江《かにえ》は、まだどこか不安そうな表情をしているが、そんな蟹江《かにえ》の反応が面白いのか、女子達は笑いながら、「コロ、可愛《かわい》い～」なんて言っていた。

そんな中、今日も人間不信な月山《つきやま》が俺の下へとやってきた。

「石井《いしい》、今日もいいか？」

「ダメだ」

「嘘《うそ》だろっ！　あの件は、全部月山《つきやま》さんのおかげじゃないか！」

「一体いつから——自分が友達だと錯覚していた？」

「めっちゃ傷ついたんだけど！」

いつもより大袈裟《おおげさ》なリアクションをするのは、こいつなりに天田《あまだ》のことが堪《こた》えているからかもしれない。関わりが薄くなっていたとはいえ、二人は親友だったわけだしな。

「だったら、もっと傷ついてる奴《やつ》と傷のなめ合いをすればいいんじゃないか？」

「…………っ！　お前なぁ～……」

頭をガシガシと乱暴にかきながら、月山《つきやま》が呆《あき》れた顔をする。

その後ため息を吐《つ》くと、もう一度俺へと尋ねてきた。

「お前って、案外いい奴《やつ》だよな？」

「面倒事を押し付けただけだ」

俺の返答が気に入ったのか、月山《つきやま》はどこか嬉《うれ》しそうな表情でニヤけている。

「へぇ～。まぁ、そういうことにしておくよ。じゃあ、俺は行くわ。……射場《いば》のところに」

月山《つきやま》と射場《いば》は、同じ中学の出身だ。そして、性格には難があるが勉強が得意な月山《つきやま》は、中学時代に同じく勉強のできる射場《いば》をライバル視していた。

射場《いば》はずっと天田《あまだ》を好きだったが、月山《つきやま》ともそれなりに仲が良かったんだよな。

もちろん、恋愛感情ではなくお互いに友情ではあるが。

「今なら優しくすれば、簡単に落ちると思うぞ」

「しねぇから！」

残念。射場《いば》は根に持つタイプだから、彼氏を作ってもらえると有難《ありがた》かったんだが。

月山《つきやま》は、足を弾ませてB組の教室へと向かっていった。

「じゃあ、俺達も行くか。氷高《ひだか》」

「ん」

そして、俺達はいつも通り食堂の屋外テーブルへと向かった。

◇◇◇

放課後。A組の教室を覗《のぞ》くと、予想通り悲惨な状態になっていた。

ああ、クラスの空気がということじゃないぞ。牛巻風花《うしまきふうか》の状態がってことだ。

完全に孤立している。嫌われているというよりも、腫れもの扱いといった感じだ。

まぁ、そうなっても仕方ないだろうな。一年C組で起きた断罪劇は他のクラスからも見物に来ていた。つまり、何があったかを一年全員が知っている。

天田《あまだ》をヒーローにするために、文字通りひと肌脱いだ牛巻《うしまき》というのは、ハッキリ言って触れたくない存在。むしろ、こうして学校に来ているだけ褒めてやるべきだろうとすら思う。

ただ、その瞳には以前のような覇気はない。

助けてくれた、恋焦がれていた恩人は、全てを理解しておきながら自分を利用していた。

汚い思い出だけなら気持ちの整理もつくだろうが、悩みであったスランプを解決してくれた天田《あまだ》という存在は、牛巻《うしまき》にとっては感謝すべき存在でもある。

だからこそ、どうしていいか分からなくなってしまったんだ。

俺がA組の教室に入ると、生徒達が注目する。その気配に釣られて顔を動かした牛巻《うしまき》も、俺がやってきたことに気づいたようだ。しかし、別段反応はなかった。

「よう」

「なに？」

鋭い眼差《まなざ》し。敵意しか感じさせない返事。だが、覇気はない。

当然っちゃ当然の反応だな。

「まずは、ごめんなさいだろ」

「…………っ！」

偽りの断罪劇を暴《あば》かれた射場《いば》や牛巻《うしまき》は、あの日、天田《あまだ》の正体を知り茫然《ぼうぜん》としていただけ。

俺を騙《だま》して陥《おとしい》れようとしたことへの謝罪はなかった。

「失敗した挙句、謝りもしないで不貞腐《ふてくさ》れるとかマジでカスだな。そんなんだから、簡単に利用されるんだよ、脳みそ発情女」

「うるさい！　あんたに何が──」

「もし、あのままお前らに陥《おとしい》れられていたら、俺がどうなってたか分かってんのか？」

「…………」

「誰がどう見ても、お前が悪いんだよ。だったら、自分から謝りに来るべきだろ。なんだ？　謝ったら負けとか考えてるのか？　とっくに負けてるくせに」

「うるさい！　うるさいうるさいうるさいうるさい！」

「うるさいのはお前だよ。にしても、よくあそこまでやるよな。あれか？　あそこまでやったら、同情して自分を好きになってくれるかもとか考えてたのか？」

「黙れ！」

牛巻《うしまき》が立ち上がり、俺の胸倉を両手でつかむ。別に殴られたってかまわない。

至近距離で、荒い息を吐きながら睨《にら》みつける牛巻《うしまき》を俺は真《ま》っ直《す》ぐに見つめた。

すると、牛巻《うしまき》はすぐに手を離し、悔しそうに顔を背けながら呟《つぶや》いた。

「ごめん……なさい……」

「おせぇよ。言われてから謝るとか、マジで評価激落ちだからな」

「………っ！　じゃあ、どうすれば……」

「別に。お前みたいなカス女に、最初から何も期待してない。人の人生を狂わせようとしたくせに、失敗したら悲劇のヒロイン気取りとかカス中のカスだろ」

「そんなつもりは——」

「つもりがなくても、そう思われたらアウトだ」

容赦なく、俺は牛巻《うしまき》を責め立てる。元々メンタルが崩壊寸前だった牛巻《うしまき》だ。

俺に何を言われても、反論する言葉なんてろくに出てきやしない。

そうして、さらに俺が責め立てようとした時だ。一人の男子生徒が言った。

「そこまで、言わなくてもいいじゃないか」

教室中の注目を集めながらも、男子生徒はゆっくりと俺のそばへやってきた。

「その、牛巻《うしまき》が悪かったのは分かるけど謝ったんだ。もういいだろ？　その、確かにちょっとやりすぎだったけど、牛巻《うしまき》にも良《い》いところがあるから……」

「あっそ」

男子の言葉に淡白に返事をすると、俺はそれ以上何も言うことなくA組の教室を出る。

A組の教室からは、牛巻《うしまき》の泣き声とごめんなさいという声が聞こえてきた。

◇　◇　◇

今日のアルバイトは、二二時まで。

そろそろ働き始めてから一ヶ月程経過したので、俺も氷高《ひだか》も店の先輩達とそれなりに仲良くなれていた。若いバイトの中でも一番年上の武見《たけみ》さんが「今度、和希《かずき》と命《みこと》ちゃんの歓迎会をしよう。いい居酒屋があるんだ！」なんて言っていたが、まだ高校生だから他の店が良《い》いと伝えたら、「真面目だねぇ～」とカラカラ笑って答えていた。

バイト終わりには、店長が「もうすぐ研修期間が終わるから、時給アップだよ」なんて笑顔で伝えてくれた。天田《あまだ》対策のためにスマホを機種変更したことで、貯金が寂しくなっていたから有難《ありがた》い話だ。そうして、俺は氷高《ひだか》と共にバイト先を後にした。

「今日のかずぴょん、とても素敵だった」

駅までの道中、氷高《ひだか》が上機嫌にそんなことを言った。

相変わらず、氷高《ひだか》の俺に対する評価はちょっとおかしいと思う。

「普通にバイトをしていただけだと思うが？」

「学校での話。ちゃんと、みんなのことを助けてあげてた」

そう言われて、どうにもむずがゆい気持ちになる。

一度目の人生で、あいつらに陥《おとしい》れられて家族すら失った俺だが、諸悪の根源は天田《あまだ》だ。

だから、天田《あまだ》に利用されていたあいつらに関しては……まぁ、楽しい学生生活が送れるならそっちのほうがいいだろうと思っただけ。

「たまたまだよ。都合よく助けられる状況だったから――」

「嘘《うそ》つき。最初から、そのつもりだったくせに」

「最初からって？」

「一番初めの月山《つきやま》の時から」

一切の疑いを見せず、氷高《ひだか》が真《ま》っ直《す》ぐに俺へそう告げた。

「なんのことだ？」

「やろうと思えば、かずぴょんは月山《つきやま》をもっと追い詰めることができた。クラスでの立場を全部なくして、もっとひどい状態にできたのにやらなかったでしょ？」

「それは、月山《つきやま》の協力がないと……」

「違うよ。かずぴょんの作戦は、鞄《かばん》とスマートフォンを誰かと入れ替えるだけ。それなら、小《こ》早川《ばやかわ》達に頼むことだってできたし、私と入れ替えることもできた。それでも月山《つきやま》を選んだのは、最後にみんなを助けるつもりだったから。あいつに騙《だま》されて利用されている人達を助けるために、かずぴょんは危ないのを分かっていて月山《つきやま》を追い詰め過ぎなかった」

「危ないってのは？」

「あいつと月山《つきやま》が裏で繋《つな》がってる可能性があった。疎遠になったフリをして、実はかずぴょんを騙《だま》すために月山《つきやま》を近づかせている可能性だってあったのに、それを分かっててもかずぴょんは月山《つきやま》を助けてた」

「………………」

「違った？」

隣を歩く氷高《ひだか》が、俺の顔を覗《のぞ》き込《こ》む。

いたずら大成功と言わんばかりの、してやったり顔だ。

「まぁ、そういうところもあったかもな」

氷高《ひだか》の言っていることに間違いはない。ただ、少しだけ足りない。

俺が月山《つきやま》を追い詰めすぎず味方に引き込んだのは、一度目の人生の知識があったからだ。

月山《つきやま》は色々と残念なところはあるが、正義感の強い男だ。一度目の人生では、その正義感の強さを利用されていたが、逆に天田《あまだ》にとって扱いづらい側面もあった。

高校二年の二学期、俺を陥《おとしい》れる罠《わな》を張った時も、ヒロイン達は月山《つきやま》には自分達の企《たくら》みを伝えなかったし協力も頼まなかったのだろう。

知っていたからだ。正義感の強い月山《つきやま》は、卑怯《ひきょう》な手段を嫌うことを。

恐らく、今回の天田《あまだ》もそうだったんだ。

できれば、月山《つきやま》には味方でいてほしい。だが、正義感の強い月山《つきやま》は、自分の企《たくら》みには絶対に協力してくれない。それどころか、障害になり得る可能性がある。

だからこそ、天田《あまだ》は早々に月山《つきやま》を切り捨てたんだ。

「よく分かったでしょ？」

「ああ。よく分かったな」

「ふふん。私程のアグレッシブな努力家になれば当然」

だけど、その事実を俺は氷高《ひだか》には伝えない。

俺が二度目の人生を歩んでいるなんて言う必要のないことだし、何よりこんな嬉《うれ》しそうな顔をしているんだ。考えが足りてないぞ、なんて言いたくても言えるものか。

「その、それでね……かずぴょん」

「どうした？」

「実は、一つ欲しい物があるの」

先程までの浮ついた表情から一転、どこか沈んだ表情で氷高《ひだか》がそう言った。

「あいつから取ったリストバンド。……私にくれない？」

真剣な眼差《まなざ》しで、真《ま》っ直《す》ぐに俺を見つめる。

断罪劇の最後に、俺は天田《あまだ》からリストバンドを奪った。

奪った後に気づいたが、随分と使い古されたリストバンドで、ボロボロの状態だったし、元々子供用でサイズが合わなくなっていたのか、何度も縫い直した跡もあった。

あんな物を氷高《ひだか》が欲しがるなんてな。

「いやだ。っていうか、もう捨てた。あんなもん、いらないだろって思って」

「……そっか……」

もっと食い下がると思ったが、氷高《ひだか》は俺の言葉をあっさりと受け入れた。

ただ、やはり残念だったようで、表情を沈ませている。

さすがに、こんな顔をされると少し罪悪感が芽生えてしまう。

そんなことを思いながら、俺は自分の鞄《かばん》からとある物を取り出した。

以前に、ユズと一緒にスマホの機種変をしに行った時、ついでに買った物だ。

「代わりに、これやるよ」

「え？」

女性用のリストバンド。どういうのが氷高《ひだか》に似合うか分からないからユズに相談したのだが、「カズが決めないと意味がない」とハッキリと言われてしまった。

「ねぇ、かずぴょん。これって……」

街灯と月明かりが同時に氷高《ひだか》を照らし、現実でありながらも幻影のような美女が俺を見つめている。

あぁ～。こういう雰囲気は一度目の人生でも経験がなかったから、よく分からん。

ただ、それでも伝えるべきことはちゃんと伝えないといけないよな。

「まぁ、そうだな……。みんなと仲良くなれる……親愛のブレスレットかな」

「…………っ！　覚えてて、くれたの？」

「思い出したんだ。その、忘れててごめんな……」

氷高《ひだか》がリストバンドを握り締めながら、ブンブンと首を横に振る。

その瞳には涙が滲《にじ》んでおり、今にも泣き出しそうだったが、氷高《ひだか》は必死に堪《こら》えていた。

そんな氷高《ひだか》を見ていて、あの日に公園で出会った少女もこんな顔をしていたなと懐《なつ》かしく思ってしまう。だから、俺は言った。

「一緒にいるから、泣いても大丈夫だよ」

「いいの？」

「いいよ」

問いかけに、俺は言葉と行動で同時に返事をした。

あの時も、こうして氷高命《ひだかみこと》を抱きしめていたな——なんて思いながら。

「う、う、う……うわぁぁぁぁぁぁぁぁぁぁぁぁぁぁぁぁぁぁ!!」

「そうだよな。我慢なんかするもんじゃない」

氷高《ひだか》が大声をあげて、泣き出した。

うん。周りに人がいなくてよかったよ。目撃されたら、軽く誤解されていたかもしれん。

「ごめんなさい！　ごめんなさい！　私、あいつに盗《と》られちゃったの！　折角、かずぴょんがくれたのに！　宝物だったのに盗《と》られて、怖くて取り返せなくて……あぁぁぁぁん!!」

「何度盗《と》られても、また新しいのをやるから安心しろ」

残念ながら、俺は大して強くない脇役《モブ》だからな。

取り返すなんてかっこいいことは言えない。だから、買い直す。

何度失ったって、また新しくやり直せばいいだけだ。

人生をやり直してる、俺らしい考えだろ？

「ありがとう！　思い出してくれてありがとう！　私もお返しする！　全部、返すから！」

「返すって……、いや、なにを……？」

「かずぴょんが私にくれたもの！　かずぴょんが私に教えてくれた気持ち！　全部、全部いっぱいにして返すから！　だから、だから、だからぁ……」

この世界にもしも主人公がいるとしたら、氷高《ひだか》はどんな主人公相手でもメインヒロインになれる程の美貌を持つ女だぞ。なのに、よりにもよって俺って……もったいなさすぎるだろ。

だけど、そんな俺の気持ちには気づいていないのだろう。

氷高《ひだか》は俺の体を抱きしめたまま、涙でグチャグチャになった顔で見上げる。

あまりにも綺麗《きれい》な笑顔に内心ではかなりドキドキしながらも、しょうもないプライドを持っている俺は、ついこんなことを思ってしまうのだ。


「大好きだよ、かずぴょん！」

主人公の幼馴染《おさななじみ》が、脇役《モブ》の俺にグイグイくる……。

あとがき

どうも、駱駝《らくだ》です。

『主人公の幼馴染《おさななじみ》が、脇役《モブ》の俺にグイグイくる』一巻、遂《つい》に発売です。

つい最近のような、久しぶりのような、ラブコメ作品ですね。自分のデビュー作がラブコメだったこともあり、何だか感慨深いものもあったりなかったりします。

ラブコメという割には少々殺伐としている側面もある今作ですが、自分としてはやりたいことをやらせて頂けたということもあり、非常に満足度の高いものとなっております。

毎回、新作を作る時に登場人物の名称を決めるのに苦労をする私なので、キャラ名に小さなルールを設けたりするパターンというものがあります。

今作ですと、一部のキャラクターが星座をモチーフとした名前になっています。

が、当初は全キャラがとある別のものを参考にした名前になっていました。

日本神話です。理由は、私がアトラスさんの発売しているペルソナ4Gというゲームが大好きという、なんとも下らない理由ですが。

なので、初期の名称は石井和希《いしいかずき》が伊佐那銀太《いさなぎんた》、氷高命《ひだかみこと》が佐波命《さなみみこと》、月山王子《つきやまおうじ》が須佐直人《すさなおと》、星座三人娘も宮辺《みやべ》、宗像《むなかた》、沖津《おきつ》と今とはまるで違う名称でした。

が、そこで編集さんから「この作品、内容に日本神話要素入ってませんよね？」という至極真っ当なご指摘を頂いた結果、登場人物の名称を大幅に変更することになりました。

残ったのは、天田照人《あまだてるひと》君と学校の名称である比良坂《ひらさか》高校ですね。

あれ？　これ、日本神話じゃんとお気づきの方もいらっしゃるでしょうが明言させていただきます。特に本編と日本神話は関係ありません。

個人的に語呂が非常に気に入っていた天田照人《あまだてるひと》君だけは死守し、ペルソナ4Gのラストダンジョンである黄泉比良坂《よもつひらさか》がデザイン&最終戦の音楽（ザ・ジェネシスかっこいい）が大好きだったため、忍ばせるように残しただけなんです。そんな裏話でした。

では、謝辞を。

『主人公の幼馴染《おさななじみ》が、脇役《モブ》の俺にグイグイくる』をご購入していただいた皆様、誠にありがとうございます。二巻も鋭意作成中ですので、是非とも今度ともよろしくお願いいたします。

こむぴ様、非常に素晴らしいイラストをありがとうございます。

キャラデザを見た時に、自分が頭の中でボンヤリと想像していたキャラクター達に命が吹き込まれたと感動しました。青髪万歳。

担当編集の皆さま、今回もご尽力いただき誠にありがとうございます。

駱駝《らくだ》

◉駱駝著作リスト

「俺を好きなのはお前だけかよ①～⑰」(電撃文庫)
「シャインポスト①～③
ねえ知ってた？　私を絶対アイドルにするための、ごく普通で当たり前な、とびっきりの魔法」(同)
「やがてラブコメに至る暗殺者」(同)
「やがてラブコメに至る暗殺者2」(同)
「主人公の幼馴染が、脇役の俺にグイグイくる」(同)

本書に対するご意見、ご感想をお寄せください。

ファンレターあて先
〒102-8177　東京都千代田区富士見2-13-3
電撃文庫編集部
「駱駝先生」係
「こむぴ先生」係

本書は書き下ろしです。

電撃文庫

主人公《しゅじんこう》の幼馴染《おさななじみ》が、脇役《モブ》の俺《おれ》にグイグイくる

駱駝《らくだ》

◇◇◇

2025年1月10日　初版発行

発行者　山下直久
発行　株式会社KADOKAWA
〒102-8177　東京都千代田区富士見2-13-3
0570-002-301（ナビダイヤル）
装丁者　荻窪裕司（META＋MANIERA）
印刷　株式会社暁印刷
製本　株式会社暁印刷

ISBN978-4-04-916085-7　C0193　Printed in Japan

電撃文庫　https://dengekibunko.jp/

地味で眼鏡で超毒舌。俺はパンジーこと
三色院菫子が大嫌いです。
なのに……俺を好きなのはお前だけかよ。
発売直後から大反響！
これが最近の
ラブコメなのかよ!?
俺を好きなのはお前だけかよ
駱駝《らくだ》
illustration
ブリキ
第22回電撃小説大賞
金賞
電撃文庫

ひとつ屋根の下で暮らしていた妹は
俺の担当イラストレーターだった!?
えろまんがせんせい
エロマンガ先生
eromanga sensei
いもうととあかずのま
伏見つかさ
イラスト◆かんざきひろ
高校生ラノベ作家・和泉マサムネと、
イラストレーターで引きこもりの妹・紗霧が織りなす、
業界ドタバタコメディ!
『俺の妹がこんなに可愛いわけがない』の
コンビが贈る新シリーズ!!
電撃文庫

アクセル
ワールド
川原 礫
イラスト／HIMA
accel World
もっと早く……
《加速》したくはないか、少年。
第15回電撃小説大賞《大賞》受賞作！
最強のカタルシスで贈る
近未来青春エンタテイメント！
電撃文庫

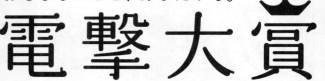